Un rêve en hiver

Canada

Washington
Oregon
Idaho
Montana
Dakota du Nord
Minnesota
Wisconsin
Michigan
New York
Dakota du Sud
Wyoming
Nebraska
Iowa
Illinois
Indiana
Ohio
Pennsylvanie
New Jersey
Delaware
Maryland
Californie
Nevada
Utah
Colorado
Kansas
Missouri
Kentucky
Virginie
Caroline du Nord
Arizona
Nouveau Mexique
Oklahoma
Arkansas
Tennessee
Caroline du Sud
Texas
Louisiane
Mississipi
Alabama
Georgie
Floride

Océan Pacifique
Mexique
Rio Grande
Golfe du Mexique

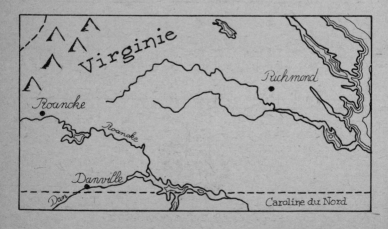

Virginie

Roanoke
Richmond
Roanoke
Danville
Dan

Caroline du Nord

BRENDA TRENT

Un rêve
en hiver

Duo

Le temps d'un livre
Le temps d'un rêve

Titre original : *Winter Dreams* (74)
© 1981, Brenda Trent
Originally published by SILHOUETTE BOOKS
a Simon & Schuster division of Gulf
& Western Corporation, New York

Traduction française de : Jocelyne Orski
© 1983, Éditions J'ai Lu
31, rue de Tournon, 75006 Paris

1

Sandra gravit lentement les marches de la passe-relle et répondit avec mélancolie au sourire de l'hôtesse qui lui souhaitait la bienvenue à bord. Ayant trouvé sa place, elle s'installa et attendit le décollage, accoudée du côté du hublot, le front dans la main.

Toute blonde et frêle, elle était encore sous le choc de la mort récente de sa mère. Que n'aurait-elle donné pour annuler la promesse qu'elle lui avait faite de quitter la Californie pour aller vivre en Virginie, à Willowstone, chez Eliott Montaigne... Elle soupira et refoula les larmes qui lui montaient aux yeux.

Eliott Montaigne! Comment sa mère avait-elle pu lui demander de reprendre contact avec cet homme et, surtout, d'aller vivre chez lui? Elle n'avait pas revu Eliott depuis l'âge de dix ans. Il était mainte-nant devenu un étranger et elle aurait souhaité qu'il le restât. Il avait été un associé de son père, autrefois, en Virginie, et son nom était devenu symbole de mystère et de réprobation. La rupture de leur association avait tellement affecté son père qu'il n'avait jamais pu prendre sur lui de raconter à Sandra ce qui s'était réellement passé. Lui-même n'avait plus revu Eliott depuis son départ de Virgi-nie, dix ans auparavant.

Sandra aurait voulu se souvenir des traits d'Eliott. Mais en dépit de tous ses efforts, elle n'y parvenait pas. Elle ne se souvenait que d'un géant tombé en disgrâce. Et plus elle y songeait, plus la requête de sa mère lui paraissait étrange. Ses der-nières paroles résonnaient encore en elle :

— Les écoles de secrétariat d'Eliott sont renommées. Il est devenu riche. Il connaît notre situation et souhaite que tu vives chez lui.

— Mais, maman... tu ne peux pas me demander de...

— Sandra, ne te montre pas difficile! J'aurais dû faire beaucoup plus pour toi. C'est ma dernière chance de me rattraper.

— Je peux très bien me débrouiller seule, maman! avait répondu Sandra en s'efforçant de cacher ses larmes.

— Tu n'es pas obligée de te débattre dans les difficultés. Eliott t'offre la possibilité de faire tes études sans travailler en même temps. Accepte! L'indemnité de l'assurance de ton père est dépensée et je sais combien tu tiens à étudier. C'est déjà tellement injuste que tu aies dû les abandonner pour t'occuper de moi...

— Je voulais te soigner. Et puis, en second trimestre, c'est moins grave, tu sais bien.

— Mais tu as déjà changé d'orientation une première fois et tu n'as même pas eu le temps de voir si ton nouveau choix te convient! Que sais-tu réellement du métier de vétérinaire? Dans beaucoup de domaines, tu es comme ton père... tu vis dans tes rêves, Sandra. Tu ne te rends pas compte combien il t'a protégée et influencée... Je serais tellement rassurée de te savoir chez Eliott... Sinon, tu serais seule au monde, si jamais je te quittais...

— Si j'ai renoncé à entrer dans l'enseignement, c'est qu'il y a trop peu de débouchés. Maintenant, je ne changerai plus d'avis mais je veux travailler pour payer mes études. Et puis, tu ne vas pas me quitter.

— Sandra, je t'en prie. Je veux que tu aies un bon départ dans la vie. Essaie, au moins! Promets-moi de rester chez Eliott jusqu'à ce que tu aies vingt et un ans...

À ce souvenir, une larme roula entre les cils de Sandra. En toute bonne conscience, comment aurait-elle pu refuser à sa mère sa dernière prière, même si celle-ci lui paraissait totalement dénuée de bon sens et si elle y était farouchement opposée? Car n'importe quelle autre requête lui aurait paru plus raisonnable.

Une autre larme roula sur sa joue. Elle l'écrasa avec colère. Elle aurait voulu rester en Californie. Elle avait vingt ans et trouvait absurde d'aller vivre chez un étranger, en particulier celui-là! Elle ne lui faisait pas confiance. Il y avait quelque chose qu'elle ne s'expliquait pas dans l'intérêt subit d'Eliott pour son avenir. Mais sa mère avait été trop malade pour s'en rendre compte, et Sandra n'avait pas réussi à l'en convaincre. Que cachait-il derrière tant de générosité à son égard? Et après si longtemps? Pourquoi donc tenait-il à ce qu'elle habite sous son toit?

Quels que soient les motifs d'Eliott, Sandra ne voulait rien lui devoir. Dans quatre mois, elle aurait vingt et un ans. Elle aurait tenu sa promesse et elle s'en irait immédiatement. Elle trouverait un emploi et paierait ses études elle-même. Elle était contente d'avoir travaillé deux étés dans un refuge où elle avait acquis une certaine expérience des animaux. Les longues semaines où elle s'était consacrée à sa mère lui avaient laissé peu de temps pour voir des amis, se préoccuper de son avenir ou travailler. Et sans l'assurance-vie de son père, elles ne s'en seraient sûrement jamais sorties.

Et pendant qu'elles économisaient chaque centime, Eliott vivait dans le luxe. Une nouvelle vague de colère l'envahit. Elle détestait cet homme et ne resterait pas chez lui une minute de plus qu'il n'était nécessaire. Elle était certaine qu'il avait été malhonnête envers son père. A ce sujet, elle était bien décidée à découvrir la raison du départ rapide de ses parents pour la Californie. Elle saurait ce qui s'était passé... D'ailleurs, avec un tel objectif, son voyage devenait plus acceptable. Enfin, elle se détendit un peu.

Perdue dans ses réflexions, elle n'avait pas fait attention au décollage, ni au dîner servi aux passagers. On arrivait à Atlanta, en Géorgie, où elle devait prendre une correspondance.

La distance d'Atlanta à Danville était courte et le petit avion descendit si rapidement que Sandra en eut de vagues nausées. Ses souvenirs étaient si lointains qu'elle n'éprouvait aucune joie à « revenir chez elle ». Comment reconnaîtrait-elle Eliott Montaigne ? Elle ne se souvenait que de sa grande taille. Au téléphone, il l'avait assurée que cela ne présenterait aucun problème. Pourtant, ce face à face imminent la remplissait d'anxiété.

Un petit homme grisonnant d'une quarantaine d'années, en pull-over gris clair sous un manteau marron foncé, l'appela par son nom dès qu'elle pénétra dans le hall de l'aéroport. Il avait l'air humble et timide et beaucoup plus âgé que Sandra ne s'y attendait.

– Monsieur Montaigne ? demanda-t-elle en s'efforçant de dissimuler sa surprise.

Eliott était en effet très jeune lorsqu'il était associé avec son père, et elle avait cru rencontrer un homme d'environ trente ans.

– Oh, non ! Je ne suis pas M. Montaigne, s'excusa l'homme d'une voix traînante en la regardant par-dessus ses lunettes. M. Montaigne a été retenu par un rendez-vous d'affaires et il m'a envoyé à sa place. Je suis George Willis. Attendez-moi ici. Je vais chercher vos bagages.

Sandra lui lança un bref sourire, mais elle était indignée. Ainsi, Eliott Montaigne n'était même pas venu l'accueillir à l'aéroport ! Pourquoi donc lui avait-il demandé de venir ? Remplissait-il simplement ce qu'il considérait comme une obligation envers la pauvre fille orpheline de son ancien associé ? Et pourquoi ? Par culpabilité ? Ou pour autre chose ? Elle savait qu'Eliott avait investi une certaine somme dans leur affaire, mais elle savait aussi que les écoles de secrétariat avaient été le rêve de son père. M. Montaigne voulait-il calmer sa conscience parce qu'il s'était emparé de ce rêve, alors que son père, lui, avait tout perdu ? N'était-il pas un peu tard pour éprouver des remords ?

George Willis réapparut avec ses bagages, portant

péniblement la lourde valise pleine des livres de Sandra.

– Voilà, mademoiselle Hawthorne. Nous pouvons nous mettre en route.

– Bien sûr! dit-elle sèchement, immédiatement honteuse de faire retomber sa colère sur le pauvre George Willis. C'est si gentil de votre part d'être venu me chercher. J'avais peur que personne ne soit là – ou bien de ne pas reconnaître M. Montaigne!

– M. Montaigne ne vous aurait pas laissée tomber. Il prend toujours ses responsabilités très au sérieux.

« Ses responsabilités! », songea Sandra. Ainsi, Eliott Montaigne se sentait responsable d'elle alors qu'il ne l'avait pas vue depuis dix ans? Pour qui la prenait-il? Elle était une adulte et elle allait le lui faire savoir très rapidement.

La nuit était tombée lorsqu'ils arrivèrent à Willowstone, mais ce qu'elle put deviner des lieux à la lueur des vieux lampadaires coloniaux était somptueux. Un vrai manoir du Sud. Sa mère lui avait bien dit qu'Eliott Montaigne était riche, mais Sandra ne s'attendait pas à une telle splendeur. La propriété semblait immense. Des bosquets d'arbres se dessinant dans la nuit donnaient l'impression qu'une forêt entourait la maison.

Le cœur de Sandra battit plus vite quand George, lui ayant ouvert la portière et ayant sorti ses bagages du coffre, l'escorta le long de l'allée. Elle aurait dû se poudrer un peu le visage. Ses taches de rousseur lui donnaient l'air trop jeune...

En attendant que la porte s'ouvre en réponse au coup de sonnette de George, Sandra reprit son souffle, s'obligeant à rester immobile. Elle devait garder son sang-froid car elle ne savait pas du tout ce qui l'attendait. Cet homme avait trompé son père et elle ignorait de quoi il était capable. Elle frissonna légèrement. Etait-ce le froid, ou l'appréhension? Presque aussitôt, une femme rondelette ouvrit la porte.

– Alors, la voilà... notre petite Alexandra devenue

grande! s'exclama-t-elle, sa bonne figure éclairée par un sourire amical.

Sandra fut surprise par son accent du Sud, qui paraissait plus marqué que celui de George Willis parce qu'elle parlait fort. Ses parents aussi avaient eu cet accent autrefois, mais il s'était peu à peu estompé. Quant à Sandra, elle avait des intonations californiennes.

— Enchantée, dit-elle en tendant la main avec froideur, car elle ne se souvenait pas du tout de cette grosse personne vêtue de couleurs voyantes qui, manifestement, l'avait connue enfant.

— Ne restez pas là, ma petite, entrez! George, mettez les bagages à l'intérieur.

Sandra pénétra dans un magnifique hall, meublé de chaises XVIIIe à la Franklin, et d'un élégant canapé aux pieds très fins. Brusquement, la femme prit Sandra dans ses bras.

— Vous n'êtes pas devenue très grande, mais vous êtes vraiment jolie... exactement comme votre pauvre maman!

— Merci, répondit poliment Sandra dont le cœur s'était serré à l'évocation de sa mère.

— Vous ne vous souvenez pas de la vieille Letti? Je suis la gouvernante d'Eliott. Votre père et votre mère vous amenaient en visite lorsque les Montaigne habitaient encore la vieille ferme. Vous étiez une adorable petite poupée. Bien sûr, moi aussi, j'ai beaucoup changé... ajouta-t-elle avec un bon sourire. Allons, ne soyez pas intimidée. Venez. Vous allez refaire connaissance avec Eliott.

L'ayant prise par la main, Letti l'entraîna le long d'un couloir au sol reluisant, éclairé par de grandes lampes suspendues. Elle ouvrit une porte sur la droite et entra dans une charmante salle à manger avec une grande cheminée en pierre et un élégant lustre. Le regard de la jeune fille s'arrêta sur la silhouette sombre d'un homme assis à la table. Rien d'urgent ne l'avait apparemment empêché de se rendre à l'aéroport.

— La voici, Eliott! annonça fièrement Letti en tirant Sandra par la main comme une enfant.

Le claquement des talons de Sandra sur le parquet ciré résonna dans le silence feutré de la pièce et elle eut l'absurde tentation de marcher sur la pointe des pieds, tant la présence d'Eliott Montaigne l'intimidait. Son cœur battait la chamade.

– Vous vous souvenez d'Eliott, ma petite? demanda Letti.

– Bonjour, monsieur Montaigne, murmura Sandra qui se sentait ridicule devant cet homme dont le silence prolongé l'irritait. Votre rendez-vous d'affaires est terminé, je vois! ajouta-t-elle avec un rien d'ironie.

Avec lenteur, Eliott tira une bouffée de sa pipe avant de l'enlever de sa bouche, et il réprima un sourire en observant la jeune fille de son regard sombre.

– Oui, mademoiselle Hawthorne. Je vois que vous êtes bien arrivée. Comment s'est passé votre voyage? Je ne m'attendais pas à vous voir accoutrée comme un petit garçon! Vous êtes venue à cheval?

Elle jeta un coup d'œil à son jean et à sa chemise à carreaux bleus et blancs. C'était sa tenue habituelle en Californie et elle n'avait pas songé à s'habiller autrement pour le voyage. Ses yeux s'arrêtèrent à la pointe de ses bottes de cow-boy brunes, très à la mode, puis elle se redressa pour paraître plus grande et, piquée au vif, regarda Eliott bien en face. Il fixait toujours ses bottes, d'un air amusé. Sandra resserra sa veste bleue autour d'elle et inclina légèrement la tête avec insolence.

– Je ne suis pas habillée comme un garçon, monsieur Montaigne. Je vois que vous n'êtes pas très au courant de la mode féminine... ni de mon âge. J'ai vingt ans, vous savez. Je suis une femme adulte!

Eliott Montaigne était décidément l'homme le plus odieux qu'elle ait jamais rencontré. Son beau visage se détendit en un sourire et, de l'air de quelqu'un qui vient de découvrir un jeu fascinant, il déclara:

– Bien. Alors, vous voici, mademoiselle Hawthorne? Asseyez-vous, je vous en prie. Nous vous avons attendue pour le dîner, ajouta-t-il en lui désignant une chaise à côté de lui.

— Vous n'auriez vraiment pas dû! répliqua-t-elle, vexée par sa remarque au sujet de ses vêtements. (Elle n'était pas venue de si loin pour l'entendre critiquer son habillement. Elle le détestait, elle avait été folle de venir. Elle comprenait la haine de son père envers lui... Toujours plantée à la même place, elle donna libre cours à sa mauvaise humeur.) Je n'ai pas l'intention de vous déranger et, d'ailleurs, vous ne comptez sûrement pas vous mettre en quatre pour moi puisque vous n'êtes même pas venu à l'aéroport.

A l'instant où elle disait cela, elle se rendit compte de son extrême impolitesse, mais il était trop tard. Les épais sourcils bruns d'Eliott se soulevèrent avec surprise.

— Vous aurais-je déjà offensée, mademoiselle Hawthorne? Je suis certain que George vous a expliqué que j'étais retenu par mon travail. Je ne suis de retour que depuis quelques minutes. Mais je suis heureux d'apprendre que vous ne souhaitez pas me déranger... Je m'en souviendrai à l'occasion. Et j'aime qu'on soit à l'heure pour le dîner. C'est une de mes petites manies, dit-il calmement avec un léger sourire.

— Vous devez avoir une foule de petites manies, j'en suis sûre! répliqua-t-elle, furieuse.

— Allons, Eliott, ne la taquine pas! interrompit Letti. Alexandra doit être fatiguée.

Il posa sa pipe, se leva et se dirigea d'un pas nonchalant vers le bout de la table. Sandra fut bien obligée d'admettre que c'était un très bel homme. De haute taille, il était séduisant avec ses traits virils et son torse d'athlète moulé dans un pull rouge. Son pantalon beige mettait en valeur ses cuisses musclées et ses hanches étroites. Il s'approcha de Sandra.

— Bien sûr, vous êtes fatiguée, ma chère, murmura-t-il avec sympathie. Donnez-moi votre veste.

Avant qu'elle ait pu reculer ou protester, il la lui

enlevait pour la tendre à Letti. Puis il la conduisit à une chaise et la fit asseoir. Elle était muette d'agacement. Le comportement de cet homme était intolérable. Il la traitait comme une enfant et elle le détestait davantage à chaque minute.

Essayant de reprendre son sang-froid, elle regarda autour d'elle. Evidemment, son manoir et sa richesse permettaient à Eliott d'exiger que l'on respecte ses « petites manies », mais elle ne s'y laisserait pas prendre. Après tout, ne savait-elle pas que sa fortune et son succès avaient été acquis aux dépens des espoirs de son père? S'il allait trop loin, elle ne se gênerait pas pour lui dire ses quatre vérités.

– Letti, je t'aide à apporter les plats! s'exclama Eliott.

Sandra le regarda disparaître derrière la gouvernante par la porte communiquant avec la cuisine. Inconsciemment, elle serra les poings. Elle aurait voulu découvrir tout de suite les preuves de sa trahison envers son père. Elle aurait adoré démolir sa belle assurance. Il était si incroyablement arrogant! Elle respira profondément et, s'efforçant d'ignorer les murmures qui provenaient de la cuisine, elle s'absorba dans la contemplation du cadre élégant qui l'entourait. Pourtant, elle ne put s'empêcher d'entendre la voix de Letti.

– Montre un peu de compassion pour le chagrin de cette pauvre enfant, Eliott. Je t'ai inculqué de meilleures manières que celles que tu as en ce moment! Vraiment! Qu'est-ce qui te prend?

La réponse d'Eliott, claire et nette, lui fit mal à entendre.

– Elle doit l'oublier, Letti. La vie continue. Je sais qu'elle a traversé une période pénible, mais maintenant je veux qu'elle se tourne vers l'avenir.

Sandra résista à son impulsion de se précipiter à la cuisine et de lui dire ce qu'elle pensait. Que savait-il de son chagrin? De quel droit parlait-il d'elle ainsi?

Les voix se turent et Letti revint la première dans la salle à manger, portant un plateau chargé de mets appétissants. Eliott suivait avec un immense plat sur lequel trônait un magnifique jambon caramélisé au miel et recouvert de tranches d'ananas et de cerises.

Brusquement affamée, Sandra oublia sa colère devant ces délicieuses nourritures. Cette alléchante montagne de purée de pommes de terre mousseuse sur laquelle fondait du beurre frais, ces petits pois accompagnés de minuscules oignons, cette sauce aux airelles et ces petits pains chauds lui donnaient l'eau à la bouche. Il y avait au moins une semaine qu'elle n'avait fait un vrai repas.

Elle remplit son assiette et attendit qu'Eliott fasse de même. Mais quelle ne fut pas sa surprise de voir Letti s'asseoir avec eux? Apparemment, elle faisait partie de la famille. Lorsque tout le monde fut servi, Sandra saisit sa fourchette et commença à se régaler, oubliant sa pénible situation.

Elle répondit poliment aux tentatives de conversation de Letti, mais se limita au strict nécessaire avec Eliott. L'étrange désir de sa mère la forçait à vivre sous le toit de cet individu jusqu'à ce qu'elle ait vingt et un ans, mais elle n'était tout de même pas obligée de trouver charmant l'arrogant M. Montaigne. Pendant tout le repas, elle fut consciente de son regard sombre posé sur elle, et elle répondit à ses questions aussi brièvement que possible, sans jamais lever les yeux vers lui. Elle avait été folle d'obéir à sa mère, mais elle n'aurait pu faire autrement.

Lorsque Letti alla chercher le dessert et le café, un silence pesant s'installa. Letti le sentit dès son retour, car elle se mit immédiatement à bavarder en posant sur la table un entremets qui avait l'air délicieux.

— Un pudding aux kakis avec de la sauce au citron chaude, annonça-t-elle. Les kakis proviennent du jardin. En avez-vous déjà goûté, Sandra?

— Je ne crois pas, non...

— Ce sont des fruits d'hiver, expliqua Letti. Ils mûrissent en novembre et on ne les cueille que s'ils ont gelé. Sinon, ils sont amers.

– Comme c'est curieux, répondit Sandra en se disant qu'Eliott, lui, ne devait pas avoir encore subi les effets du gel.

Le dessert était exquis et elle s'apprêtait à en demander une seconde portion lorsqu'il se leva brusquement.

– Letti va vous conduire à votre chambre, mademoiselle Hawthorne.

Sandra en avait assez d'être commandée, aussi ouvrit-elle la bouche pour protester qu'elle n'avait pas encore envie de se retirer, mais Letti parla avant elle.

– Vraiment, Eliott, il me semble que tu pourrais l'appeler Alexandra!

Le regard sévère d'Eliott fit place à une expression de faux désespoir.

– Mais, Letti, Mlle Hawthorne ne m'a pas autorisé à m'adresser à elle aussi familièrement et je... enfin, je ne sais pas très bien comment on se comporte avec les... jeunes femmes! Je ne veux pas risquer de la vexer comme tout à l'heure, quand j'ai parlé de ses vêtements!

Sandra lança un petit sourire contrit en direction d'Eliott avant de se tourner vers Letti.

– Appelez-moi Sandra, dit-elle.

– Parfait. Alors, Sandra, répondit-il bien qu'elle ne se soit pas adressée à lui, Letti va vous montrer le chemin. George a monté vos bagages. Si vous avez besoin de quoi que ce soit, dites-le moi. J'espère que votre chambre vous plaira.

– Merci! repartit Sandra en suivant Letti hors de la pièce sans même le regarder, énervée d'être aussi cavalièrement congédiée et cherchant un prétexte pour le défier. Puis-je vous aider pour la vaisselle, avant de monter, Letti? offrit-elle perfidement.

– Non, mon petit. Vous devez être fatiguée. Nous allons vous installer dans l'ancienne chambre de la mère d'Eliott. Elle est très agréable.

En montant l'escalier bien ciré à la suite de Letti, Sandra laissa glisser sa main sur la rampe magnifiquement sculptée. Elle essayait de chasser l'irritant Eliott de ses pensées et, s'arrêtant sur le palier pour regarder le hall, elle se demanda combien de pièces il y avait dans ce manoir. Eliott Montaigne s'était vraiment bien débrouillé avec l'argent qu'il avait gagné sur les ruines du rêve brisé de son père. Comme si elle lisait dans ses pensées, Letti indiqua :

— Il y a dix-sept pièces. Eliott a fait restaurer Willowstone il y a quelques années, après la mort de sa mère, Dieu ait son âme. L'extérieur a été préservé, sauf pour les annexes, car la maison a été construite juste avant la guerre de Sécession et a même abrité les officiers confédérés lorsque Danville est devenue la dernière capitale de la Confédération... Willowstone a toute une histoire !

— C'est passionnant ! J'adore l'histoire et je ne me doutais pas que Danville avait joué un rôle important au cours de la guerre de Sécession.

— Oh, si ! Cette petite ville était un dépôt d'intendance et un centre ferroviaire. Il y avait un camp pour les Nordistes prisonniers et un hôpital pour les Sudistes blessés. Jeff Davis et les Confédérés avaient établi une capitale provisoire dans la maison du major Sutherlin. (La voix de Letti trahissait de la fierté.) Notre ville est très intéressante ! C'est même nous qui avons eu la première centrale électrique municipale de tous les Etats-Unis !

Lorsque Letti ouvrit la porte de sa chambre, Sandra eut un petit cri de surprise. La pièce sortait vraiment de l'ordinaire. Des rideaux de brocart bleu pâle encadraient une immense baie vitrée qui tenait toute la hauteur d'un mur. Un élégant lit de bois sombre était surmonté d'un dais du même brocart bleu, et garni d'une courtepointe molletonnée en satin rose. Des tapis d'Orient multicolores ornaient le parquet. Les murs étaient tendus de papier peint représentant de délicates fleurs de magnolia, et un feu pétillait gaiement dans la cheminée de briques roses. Un paravent du même dessin que les murs, une énorme armoire de style colonial, une chaise capitonnée de velours avec un haut dossier et un bureau à cylindre complétaient le décor. En regardant la pièce, Sandra eut l'impression d'avoir reculé dans le temps. Elle se dit que l'armoire ne pouvait contenir que de longues jupes et des bonnets de dentelle d'autrefois.

— Voici votre salle de bains, précisa Letti, la ramenant au temps présent en lui désignant une immense pièce avec une baignoire encastrée. (Se dirigeant vers la grande penderie avec une porte en lattes à claire-voie.) Voulez-vous que je vous aide à suspendre vos affaires?

— Non, merci beaucoup, Letti. Je peux le faire, répondit Sandra en secouant la tête, faisant ainsi retomber ses cheveux blonds sur son front.

— La chambre vous plaît?

— Oh! C'est la plus belle chambre que j'aie jamais vue de ma vie!

— Eliott va être heureux que vous l'aimiez. Il souhaite que vous vous sentiez chez vous. Si vous avez besoin de quelque chose, il faut me le dire. Ma chambre est juste en face de la vôtre. Celle d'Eliott est à droite, en haut de l'escalier. (Une ombre passa sur le visage de Letti.) Mon petit, je veux que vous sachiez combien je suis heureuse que vous soyez venue. Je ne pensais jamais revoir votre joli minois. Mon cœur était si lourd lorsque votre père... (Elle s'interrompit et balaya de la main le reste de sa pensée.) Grand Dieu! Tout ceci n'a plus aucune importance. Dormez bien!

Elle sortit rapidement de la pièce, refermant la porte derrière elle, et Sandra resta immobile, refrénant son envie de courir derrière Letti pour lui demander ce qu'elle avait voulu dire. Ainsi, Letti savait ce qui s'était passé entre son père et Eliott... Elle soupira. Elle ne voulait pas bouleverser la brave femme en insistant sur un sujet qui lui était visiblement pénible. Mieux valait attendre un moment plus opportun.

Secouant la tête, elle écouta les pas de Letti s'éloigner, puis elle se mit à admirer la chambre, appréciant tous les détails et promenant sa main sur les bois vernis et les luxueuses étoffes. Willowstone était un véritable palais à côté du simple pavillon de quatre pièces qu'elle avait partagé avec sa mère. Elle se mit à danser autour de la pièce, passa derrière le paravent et fit mine de se protéger des ardeurs d'un amoureux impatient. Puis, souriant aux anges, elle alla faire couler un bain. Elle enleva ses bottes, son pantalon et sa chemise, et ouvrit sa valise pour en sortir une robe de chambre en velours de soie et une chemise de nuit. Elle aurait tout le temps de ranger ses affaires le lendemain. Elle venait de dégrafer son soutien-gorge lorsqu'on frappa à la porte de la chambre. Saisissant son chemisier, elle dit, affolée :

— Un instant!

Mais avant qu'elle ait pu cacher sa nudité, Eliott avait ouvert la porte d'un geste énergique et faisait irruption chez elle. Eperdue, elle chercha à se dissimuler derrière le paravent, trébucha sur une de ses bottes abandonnées au milieu du tapis et se cramponna au fragile paravent qui vacilla. Le retenant d'une main, l'autre serrant son soutien-gorge dégrafé et son chemisier, elle finit par tomber. Brûlante de honte, se sentant parfaitement ridicule, elle était couchée là, vêtue de son seul slip. Elle n'avait d'autre recours que de s'en prendre à Eliott.

— Je vous ai dit d'attendre un instant!

Mais il était déjà auprès d'elle et l'aidait gentiment à se relever. Cramoisie, elle le dévisagea, horriblement consciente de sa nudité devant cet homme. Cet homme qui la dévorait des yeux, s'arrêtant à la poitrine bien galbée et aux hanches sensuelles à peine couvertes par la légère dentelle du slip, puis aux longues jambes minces. Elle savait qu'elle devait protester, mais la proximité d'Eliott l'hypnotisait comme s'il émanait de lui un étrange pouvoir. Son cœur battait la chamade, et ce ne fut que lorsqu'il parla que le charme se rompit.

— Vous ne vous êtes pas fait mal? demanda-t-il d'une voix rauque.

— J'ai dit « un instant » quand vous avez frappé!

Il repoussa doucement une mèche de son visage et, aussitôt, elle le repoussa violemment et se couvrit la poitrine de ses mains.

– Comment osez-vous...? s'écria-t-elle, outrée. Est-ce pour... pour cela que vous m'avez fait venir ici? Ne me touchez plus jamais!

Les yeux d'Eliott se durcirent et son visage devint de marbre.

– Excusez-moi. J'ignorais que vous étiez déshabillée. Je ne vous ai pas entendue lorsque vous m'avez dit d'attendre. J'ai à vous parler.

– Me parler! hurla-t-elle en lui tournant le dos et en attrapant son chemisier. Je ne suis guère vêtue pour parler. Vraiment, monsieur Montaigne, êtes-vous certain que c'est ce que vous aviez à l'esprit? Ce que vous avez à me dire ne peut vraiment pas attendre?

Les yeux d'Eliott la parcoururent une fois encore, puis son visage s'assombrit de manière inquiétante et, tournant les talons, il sortit de la pièce, laissant Sandra totalement décontenancée. On aurait dit que pour lui, forcer l'intimité d'une jeune fille et l'humilier étaient sans importance. Et elle... elle était restée plantée là, pendant qu'il la mangeait des yeux. Elle avait été troublée d'une manière inattendue. Il lui avait fait ressentir... mais elle le chassa de son esprit et, tremblante, courut vers la baignoire. L'eau atteignait le bord. Elle ferma vite les robinets, remonta ses cheveux sur sa tête et se glissa dans l'eau.

Elle ne savait plus que penser... Pourquoi était-elle venue? Eliott comptait-il faire d'elle sa maîtresse en échange de sa pension? Etait-ce son plan depuis toujours? Et sa mère qui avait cru qu'il s'intéressait à son avenir! Eh bien, s'il pensait qu'il allait la séduire, il allait être surpris! La prochaine fois, elle le giflerait. Quel toupet! N'avait-il vraiment pas entendu sa réponse, ou avait-il voulu la surprendre? Elle réfléchit à ce problème pendant longtemps, puis elle sortit enfin de l'eau et s'enveloppa dans un moelleux drap de bain rose. Elle enfila enfin sa chemise de nuit et s'allongea entre les draps frais, le regard anxieusement fixé sur la porte.

Finalement, elle se leva et chercha la clé de la chambre... sans la trouver. Ne sachant que faire, elle tira le paravent devant la porte. Ainsi, si la porte s'ouvrait, le paravent tomberait et elle l'entendrait. Elle se recoucha et se pelotonna sous les couvertures. Quel homme bizarre que cet Eliott Montaigne! Et pourtant... pourtant elle avait ressenti une grande excitation lorsqu'il avait été tout proche d'elle. Elle n'avait jamais éprouvé un tel émoi.

Elle frissonna à ce souvenir. Elle devait l'oublier. Après tout, cet individu ne l'intéressait nullement. Elle s'endormit, l'image du maître de Willowstone tourbillonnant dans son esprit.

2

Le lendemain matin, Sandra fut éveillée par les cris de deux geais aux plumes bleues, installés sur le rebord de sa fenêtre. Etonnée, elle parcourut du regard la ravissante chambre dans laquelle elle se trouvait, et la mémoire lui revint. Elle rougit. Oserait-elle jamais regarder Eliott en face, après ce qui s'était passé? Il lui serait tout à fait impossible de l'éviter... Elle fronça les sourcils. Que serait-il arrivé si elle ne l'avait pas repoussé? Si elle ne pouvait pas lui faire confiance dans ce domaine-là, comment lui faire confiance pour le reste? Pourquoi l'avait-il fait venir ici? Pourquoi cet intérêt subit, dix ans trop tard, alors qu'elle était adulte? Croyait-il qu'elle tomberait dans ses bras par gratitude? Ne lui suffisait-il pas d'avoir abusé de son père autrefois? S'imaginait-il qu'elle était de celles qui se laissent aveugler par la richesse?

Allons, ce n'était pas en restant au lit qu'elle obtiendrait les réponses! D'ailleurs, il avait dit qu'il voulait lui parler. Elle se leva et se rendit compte que la matinée était beaucoup plus avancée qu'elle ne l'avait cru. Elle avait trop dormi et, pour ne pas faire attendre plus longtemps Letti, elle enfila sa robe de chambre et se hâta de descendre à la cuisine. Elle trouva Letti en train de nettoyer l'énorme fourneau, mais Eliott n'était pas en vue.

– Suis-je en retard pour le petit déjeuner?

– Pas du tout. Vous pouvez descendre quand vous voulez. Ce n'est que pour le dîner qu'Eliott exige la ponctualité.

– Le... maître vient-il déjeuner? demanda Sandra, incapable de résister au désir d'une pointe d'ironie.

– Eliott? Oh, non, il a déjeuné à 6 heures et il est parti.

– Parti? Sera-t-il de retour pour le dîner?

– Non, pas aujourd'hui. Il est absent pour deux semaines.

Deux semaines! Sandra se sentait à la fois soulagée et désemparée. Pourquoi ne le lui avait-il pas dit la veille? Il aurait dû le préciser, car elle aussi souhaitait parler de ses projets avec lui. Etait-il vraiment venu dans sa chambre pour cela... et dans ce cas, l'avait-elle accusé à tort? Non, un homme qui vous regarde de cette manière-là a autre chose en tête que de discuter de projets d'avenir...

Elle se passa la main dans les cheveux et alla s'asseoir à la table de la salle à manger pendant que Letti lui faisait frire des œufs au bacon. N'ayant pas l'habitude d'être servie, Sandra en était gênée. Elle était bonne cuisinière elle-même et s'était fort bien débrouillée pour sa mère et elle. Enervée, elle se leva et arpenta la pièce avant de retourner à la cuisine où Letti était en train de faire glisser deux beaux œufs au plat sur une assiette bleue et blanche. Assise à la table de la cuisine, Sandra la regarda y ajouter des tranches de bacon et deux petits pains tout chauds couleur de miel.

– Voulez-vous du gruau?

– Du gruau? Qu'est-ce que c'est?

– De la bouillie de farine de maïs, expliqua Letti avec une lueur d'amusement dans les yeux. On adore ça, dans le Sud!

– Non, merci. Cela ne me tente pas! Le mot même me déplaît. Mais vous m'apprendrez à faire le pudding aux kakis, n'est-ce pas? C'était si bon!

— Avec plaisir, répondit Letti, visiblement enchantée du compliment.

— Puis-je déjeuner ici, Letti?

— Bien sûr, si vous le désirez. Vous pouvez faire ce qui vous plaît dans cette maison... aussi longtemps qu'Eliott n'y trouve pas à redire! ajouta-t-elle avec un clin d'œil, après un instant d'hésitation.

— Je vois!

Sandra se dit qu'elle ne s'était pas trompée... et qu'Eliott était bien égocentrique, arrogant et tyrannique. D'ailleurs, elle cherchait quelles autres épithètes encore moins flatteuses à appliquer à cet homme! Letti connaissait-elle les projets d'Eliott à son égard? Se confiait-il à elle? De toute évidence, Letti était au courant de la dispute survenue entre son père et Eliott. Sandra se décida à lui demander plus de renseignements.

— Parlez-moi de lui, dit-elle, très calme. Pourquoi a-t-il voulu que je vienne vivre ici?

Letti s'assit en face de Sandra et lui sourit.

— Parce qu'il est bon. Je suis bien placée pour le savoir, c'est moi qui l'ai élevé car je suis entrée comme gouvernante chez ses parents quand il était encore tout petit. Ils venaient de démarrer leur affaire de prêt-à-porter et sa mère faisait même les retouches elle-même. De plus, ils étaient très occupés par leur ferme à l'époque des moissons. Comme Eliott était enfant unique, nous étions seuls tous les deux la plupart du temps. Ses parents l'aimaient, bien sûr, mais c'était mon garçon! dit-elle fièrement. Et il l'est toujours!

Sandra se demanda ce que Letti penserait de « son garçon » si elle savait comment il s'était comporté la veille. Elle l'adorait, cela crevait les yeux. Aussi n'eut-elle pas le cœur de le lui révéler.

— Pourquoi ne s'est-il pas marié? demanda-t-elle en ouvrant un petit pain brûlant pour y glisser les deux tranches de bacon.

Elle se doutait bien de la vraie raison, mais préférait la garder pour elle. Letti eut un rire qui secoua tout son corps rebondi.

– Il ne semble pas exister de femme qui puisse l'apprivoiser! dit-elle avec orgueil. Seule une maîtresse femme pourra lui passer la corde au cou!

Sandra le croyait sans peine... Il aurait une chance inespérée s'il trouvait un jour une femme suffisamment coriace pour supporter son arrogance. Profitant de la bonne humeur de Letti et de son désir de parler, elle aborda le sujet qui lui tenait à cœur.

– Où sont les écoles de secrétariat?

– Il y en a une ici, à Danville, une en Floride, une en Géorgie, et il est en train d'en implanter une à New York. Il s'est bien débrouillé. Il a le sens des affaires et les gens le respectent. Je suis fière de lui. On dit que ses écoles sont les meilleures du pays! Je suppose que vous-même y serez inscrite dès la rentrée? Eliott veut que vous vous accoutumiez d'abord à la vie ici.

– Je n'irai pas dans son école! explosa Sandra, indignée. Je n'ai pas l'intention d'être secrétaire. Je veux devenir vétérinaire!

Pour qui se prenait-il? D'abord, il l'insultait, ensuite il faisait irruption dans sa chambre, et finalement, il décidait de son avenir sans même la consulter! Quel toupet invraisemblable! Pensait-il vraiment que parce qu'elle avait cédé à la prière de sa mère, elle était incapable de choisir son futur métier?

– Vétérinaire? Vous voulez dire... docteur pour les animaux? C'est plutôt inhabituel pour une femme.

– Oh, non! Letti. De nos jours, les femmes font toutes sortes de métiers. Il y a beaucoup de femmes vétérinaires et j'ai toujours aimé les animaux.

– Mais, Sandra, que savez-vous de cette profession?

– Pas beaucoup encore, mais je vais apprendre. Je veux travailler avec des animaux de compagnie. J'espère qu'il y a un refuge ici, où je pourrai acquérir une expérience pratique.

Letti fronça les sourcils d'un air perplexe.

– Eliott ne voudra jamais que vous travailliez

pendant que vous êtes ici. D'ailleurs, vous n'en avez pas besoin. Il va vous allouer une pension...

— Je n'en veux pas! s'écria-t-elle, se demandant sous quel prétexte et à quelles conditions cet homme voulait lui donner de l'argent. Je veux réussir par moi-même. Je n'accepterai pas son argent! C'est bien assez qu'il me loge ici!

Letti secoua la tête d'un air inquiet.

— Le ciel nous vienne en aide, murmura-t-elle. Mon sang indien me dit qu'il va y avoir des disputes dans cette maison quand Eliott rentrera. Ce n'est pas quelqu'un qui change facilement d'avis, vous savez.

« Moi non plus », pensa Sandra, réalisant brusquement qu'elle n'avait rien appris au sujet de la dispute de son père et d'Eliott. Mais elle le découvrirait et ne laisserait pas Eliott la manipuler. Elle dévisagea Letti un instant, cherchant à reparler des écoles, et subitement, elle prit le taureau par les cornes.

— Letti, qu'est-il arrivé au juste entre mon père et Eliott?

Le visage avenant de Letti sembla se couvrir d'un masque insondable. Elle baissa les yeux sur ses grosses mains.

— Vos parents ne vous l'ont jamais dit?

— Non, je sais seulement que mon père était tellement furieux au sujet de quelque chose qu'Eliott avait fait que nous n'avions même pas le droit de prononcer son nom. Je sais aussi que les écoles qui ont fait la fortune d'Eliott étaient l'idée de mon père.

Letti leva brusquement des yeux remplis d'une émotion que Sandra ne put analyser. Etait-ce de la crainte? de la honte?

— Mon petit, ce qui est passé est passé. Je crois qu'il vaut mieux ne plus y penser. Tant d'eau a coulé sous les ponts depuis!

— Je vous en prie, j'ai besoin de savoir, supplia Sandra.

Letti soupira profondément en l'observant.

– Oh, je crois que cela ne vous apporterait rien de le savoir, puisque vous l'ignorez.

Sandra laissa retomber sa fourchette et posa sa main sur celle de Letti. Elle vit avec surprise que celle-ci avait les yeux humides.

– S'il vous plaît, Letti, c'est si important pour moi.

– Je me demande si quelqu'un sait ce qui s'est réellement passé. L'époque était mauvaise. Il était question de tout laisser tomber, et pour empirer les choses, votre père a pensé que votre mère... Oh non, ne me demandez rien, Sandra! Demandez à Eliott. J'ignore le fond de l'histoire et je ne veux pas juger, termina-t-elle en se levant pour aller mettre des casseroles dans le lave-vaisselle.

– Letti... soupira Sandra.

Elle avait échoué. Letti faisait semblant d'être totalement absorbée par son travail. Sandra resta les yeux fixés sur les restes de son petit déjeuner, plus perplexe que jamais. Sa mère avait-elle eu des problèmes? Manifestement, Letti n'en dirait pas plus, et Sandra décida d'alléger l'atmosphère en demandant :

– Quels sont les projets pour aujourd'hui? J'aimerais visiter la ville. Pensez-vous que nous pourrions faire cela?

Heureuse de changer de sujet, Letti se tourna vers elle.

– Oh! là! là! Vous êtes pressée! Oui, si vous voulez, je peux vous montrer la ville aujourd'hui. Nous partirons à 11 heures, quand la femme de ménage sera là. En attendant, voulez-vous visiter le reste de la maison? Vous n'avez encore vu que la salle à manger et votre chambre.

– Volontiers.

Sandra s'était demandé si elle serait autorisée à voir les pièces où vivait le tyrannique maître des lieux, mais elle n'aurait pas eu l'audace de le demander. Essayant d'oublier son père, elle suivit Letti au salon.

Somptueuse, lambrissée de bois foncé, la pièce était dominée par une massive cheminée de briques rouges, ornée de chenets anciens et d'un joli pare-feu en fer forgé. L'ameublement de style colonial – un canapé recouvert de cretonne imprimée de teintes vives, des fauteuils de tons unis autour de guéridons aux longs pieds fins – était encore égayé par de nombreuses plantes vertes. Le carillon grave d'une splendide horloge à balancier égrenait les heures.

Letti conduisit Sandra dans toutes les pièces. Lorsqu'elles pénétrèrent dans la bibliothèque, Sandra fut stupéfaite de découvrir les innombrables rayons couvrant les murs jusqu'au plafond et croulant de livres sur tous les sujets possibles.

– Croyez-vous que je pourrai en lire quelques-uns? demanda-t-elle, impressionnée.

– Bien sûr. Tout ce qui vous plaira. Mais surtout, ne touchez pas aux jeux d'échecs d'Eliott! précisa Letti avec un large geste vers les différents échiquiers posés çà et là. Ils sont sa fierté et sa joie.

Sur une table basse, un somptueux damier en ébène et ivoire semblait offrir ses pions de verre soufflé. Des pièces, probablement en jade, ressortaient sur un autre damier en cuir repoussé. La pièce était envahie d'échiquiers, tous plus magnifiques et originaux les uns que les autres.

– Eliott est très fort, commenta Letti. Y jouez-vous aussi?

– Non, malheureusement. Je ne saurais même pas reconnaître les pièces. Je crois que je n'ai pas le pouvoir de concentration nécessaire pour ce jeu. Je suis bien trop impatiente pour échafauder des stratégies...

– Je n'y joue pas non plus mais je peux vous dire qu'Eliott est un fanatique des échecs et qu'il cherche toujours de nouveaux partenaires.

– Eh bien, je n'en serai pas, assura Sandra qui, même si elle avait su jouer, ne lui aurait certainement pas offert le plaisir de disputer une partie avec lui.

Elle fut surprise par l'atmosphère sympathique de l'appartement d'Eliott. Elle l'avait imaginé aussi rébarbatif que son propriétaire, et au lieu de cela elle découvrit des pièces chaleureusement décorées en marron et vert olive. Dans une alcôve, un grand échiquier était posé sur une table. Au moment de quitter la pièce, Sandra remarqua un meuble-classeur dans un angle de l'alcôve. De là où elle se tenait, elle pouvait lire les étiquettes des tiroirs et elle comprit que les dossiers concernant les écoles étaient là. Son pouls s'accéléra. En restait-il qui dataient de dix ans? Il faudrait qu'elle parvienne à le vérifier... C'était peut-être là qu'elle découvrirait la vérité sur celle qu'Eliott avait créée avec son père. Bien sûr, il n'y aurait pas, noir sur blanc, de traces de sa trahison, mais elle apprendrait certainement quelque chose d'utile.

– Sandra, vous venez?

– Oui, j'arrive!

Elle suivit rapidement Letti, décidée à venir voir de plus près le contenu de ce meuble, à la première occasion.

Lorsqu'elles eurent fait le tour de la maison, Letti redescendit et Sandra alla dans sa chambre pour enfiler un chemisier blanc imprimé de petites fleurs vertes, et un pantalon assorti vert foncé. Elle avait oublié qu'en janvier... il faisait froid. Elle avait même tout oublié de sa ville natale. Il semblait que, comme ses parents, elle avait laissé tous ses souvenirs derrière elle en partant pour la Californie. Regardant dehors, elle découvrit que l'herbe était couverte de gelée blanche et paraissait cassante comme du cristal... Quant à la propriété, elle avait l'air magnifique. De très nombreux arbres qui tendaient vers le ciel gris leurs branches dénudées alternaient avec d'autres au feuillage persistant. Prise du désir intempestif d'admirer la beauté des collines de Virginie, Sandra mit sa veste bleue, ses bottes brunes et dévala les escaliers, bousculant presque Letti sur son chemin.

– Attention Sandra, descendez plus lentement!

– Oh! Le jardin est si beau de la fenêtre! J'ai envie d'y aller...

– Oui, il est magnifique, mais vous devriez vous vêtir plus chaudement. Il fait très froid, ce matin.

Ignorant ce conseil, Sandra se précipita dehors, affamée de campagne après les foules et le béton de Californie. Elle ne s'était pas attendue à tant de beauté ici et elle regarda autour d'elle, pénétrée soudain d'un étonnant sentiment de paix. Elle respira profondément. L'air était vif et froid. Deux vieux saules pleureurs, pathétiques sans leurs feuilles, gardaient Willowstone, et elle se sentit toute petite en passant entre eux. Puis elle suivit un chemin bordé de rosiers et contempla le manoir de loin.

Il était impressionnant et majestueux. La façade de deux étages présentait un péristyle soutenu par quatre grosses colonnes blanches. Une volée de douze marches conduisaient à l'immense porte d'entrée ornée d'un gros heurtoir de bronze. Les murs, de brique claire, étaient presque entièrement recouverts de lierre. Quatre cheminées, de brique également, sortaient du toit. C'était une demeure d'une grande beauté. Sandra la contourna, empruntant une allée bordée de magnolias. A l'arrière de la maison, des piles de bûches bien coupées étaient rangées le long du mur. Dans un mignon petit cottage, à une quinzaine de mètres, elle aperçut, par une fenêtre, George Willis qui allait et venait. Un peu plus loin, au bord d'un ruisseau partiellement gelé, s'élevait un petit belvédère couvert de vigne vierge. Le hennissement d'un cheval attira son attention sur deux écuries entourées de palissades blanches, à l'est du manoir.

Le bruit d'une voiture qui s'approchait la fit renoncer à explorer les écuries et elle revint vers la maison. Une longue Cadillac métallisée or, venait de s'arrêter sous les magnolias. Comme Sandra s'approchait, une ravissante jeune femme ouvrit la portière et sortit ses jolies jambes fines avant de se redresser.

— Bonjour! Mais qui êtes-vous? demanda-t-elle à Sandra.

Elle avait une voix trop douce, comme un ronronnement feutré, et son sourire radieux révélait des dents parfaites. Son teint clair faisait ressortir de grands yeux violets bordés de longs cils noirs et une cascade de boucles noires retombait dans son dos.

– Je suis Sandra Hawthorne, répondit-elle, intimidée.

Cette femme raffinée faisait songer aux beautés éthérées que l'on rencontrait dans les romans, et il semblait à Sandra que, comme dans les livres, celle-ci ne présentait à son interlocuteur que l'aspect d'elle-même qu'elle voulait bien lui offrir. Elle leva un sourcil étonné en parcourant Sandra de ses prunelles violettes.

– Ah! J'y suis! Vous êtes la petite orpheline d'Eliott, la fille de Lena Hawthorne? Comment ai-je pu ne pas voir la ressemblance? Je ne pensais pas que vous finiriez par venir. Eliott ne m'a pas informée de votre arrivée...

Etait-ce son imagination? Sandra crut sentir que le ton de cette femme était amer, presque méchant. Très irritée de s'entendre appeler « l'orpheline d'Eliott », elle n'en montra rien.

– Je ne suis là que depuis hier soir.

– Ça ne fait rien, Eliott aurait dû m'appeler, dit la femme d'un ton boudeur.

Quelque chose en elle faisait supposer à Sandra qu'Eliott et cette inconnue étaient intimement liés, et que celle-ci n'approuvait pas l'arrivée d'une intruse. Sandra se dit qu'elle avait vraiment trop d'imagination...

– Je suis Casaundra Calahan, se présenta-t-elle enfin en observant sa réaction comme si elle s'attendait à ce que son nom soit connu.

Mal à l'aise sous ce regard dur, Sandra fut soulagée lorsque Casaundra lui tendit une longue main fine aux ongles vernis. Elle portait un ravissant pull en cachemire, une jupe de lainage marron fendue sur le côté et des bottillons de cuir brun. Un chemisier lilas faisait ressortir ses yeux de façon théâtrale et son manteau de fourrure semblait jeté sur ses épaules avec désinvolture.

Elles échangèrent une poignée de main.

– Vous ne savez vraiment pas qui je suis?

demanda Casaundra. (Sandra secoua négativement la tête et elle ajouta :) Je suis... l'amie d'Eliott. (Elle dévisagea encore Sandra.) Je crois que nous devrions faire plus ample connaissance. Venez, entrons et demandons à Letti de nous faire du café.

Sa curiosité éveillée, Sandra suivit Casaundra dans la maison. Elle était plutôt surprise par l'air de propriétaire que celle-ci arbora lorsqu'elle traversa l'entrée en appelant :

– Letti! Letti! Où êtes-vous?

Letti apparut presque immédiatement en haut de l'escalier.

– Oui, mademoiselle Calahan? dit-elle d'une voix guindée qui contrastait avec sa jovialité habituelle.

– Eliott est bien parti ce matin?

– Oui, mademoiselle Calahan.

– Servez-nous du café au salon! ordonna-t-elle. Et Eliott doit avoir laissé des dossiers pour moi... Apportez-les aussi!

– Oui, mademoiselle. Installez-vous, je prépare le café, répondit Letti, ses yeux, ordinairement si souriants, soudain sans expression.

Casaundra prit Sandra par le bras et l'emmena au salon. En passant devant un miroir, elle remit une de ses boucles en place puis s'assit sur le canapé. Là, elle croisa les jambes et dévisagea Sandra qui prenait place dans un fauteuil en face d'elle.

– Maintenant, dites-moi, qu'est-ce qu'Eliott compte faire de vous? Il n'a guère l'habitude d'avoir une... une jeune fille chez lui. Il est très regrettable que vous soyez orpheline mais, tout de même, je ne m'attendais pas à vous voir ici, à Willowstone. Pas après que votre père... je veux dire, après ce qui s'est passé...

Elle se tut et se mit à observer attentivement ses ongles. Sandra sursauta à cette allusion à son père, comme s'il était à blâmer pour sa dispute avec Eliott Montaigne...

– Qu'est-il arrivé au juste? demanda-t-elle.

– Vous ne le savez pas? dit Casaundra avec un étrange sourire.

– Non, et personne ne semble vouloir me le dire, avoua Sandra.

Casaundra haussa les épaules et ses yeux s'agrandirent.

– Ma chère, ce n'est pas à moi de révéler de tels... de parler de ceci avec vous. Je... je supposais que vous étiez au courant...

– De quoi?

– C'est à Eliott de vous en parler. Je suis très curieuse de savoir ce qu'il compte faire de vous, maintenant.

– Eliott ne va rien faire de moi! Je suis parfaitement capable de m'organiser toute seule! Je travaillerai ou je ferai des études. Je ne sais pas encore. Je n'ai pas eu le temps d'en parler avec lui. Je suis seulement ici parce que j'en ai fait la promesse à ma mère avant qu'elle meure, à un moment où je ne pouvais pas le lui refuser, déclara-t-elle, mal à l'aise devant le regard inquisiteur de cette femme.

Casaundra... qui connaissait la raison de la rupture de son père et d'Eliott, et dont les yeux furent traversés brièvement par une flamme nettement malveillante.

– Oh, je vois. C'est votre mère qui a tout arrangé... Cela va de soi, reprit-elle, songeuse. Si vous faites des études, ce sera dans l'école d'Eliott, évidemment. C'est moi qui la gère. Je n'ai nul besoin de travailler, vous savez. Les Calahan sont une très vieille famille qui n'a besoin de rien, mais cette fonction me permet... de garder le contact, si vous voyez ce que je veux dire.

Sandra voyait parfaitement mais les sous-entendus de Casaundra ne l'intéressaient pas. Elle cherchait à protéger les intérêts d'Eliott, quels qu'ils soient? Parfait! Et si cette femme voulait Eliott pour elle, elle n'avait pas à s'inquiéter... Mais, si elle se tourmentait de voir Sandra sous le même toit que lui, elle n'avait peut-être pas tout à fait tort. Elle le connaissait visiblement depuis longtemps et très bien. Mais alors, pourquoi voulait-elle le garder, désagréable comme il était?...

Sandra était aussi irritée de constater que, sans lui demander son avis, tout le monde pensait qu'elle allait suivre des cours de secrétariat. Ces inconnus la traitaient comme si elle n'avait rien à dire sur son avenir! C'était réellement inimaginable...

— En fait, mademoiselle Calahan...

— Oh, ma chère, appelez-moi Casaundra. Après tout, j'ai connu vos parents.

— Mes parents? Etiez-vous amie avec eux?

— Pas vraiment. Nous nous connaissions seulement, rectifia Casaundra avec un petit sourire.

De toute évidence, elle ne comptait pas en dire plus. Sandra chercha comment obtenir habilement d'autres renseignements mais elle comprit très vite qu'une fois encore, elle devrait attendre un moment plus propice.

— Eh bien, Casaundra... je ne suivrai pas les cours de l'école d'Eliott.

— Non? (Sa voix se fit encore plus feutrée.) Mais pourquoi? Je suis certaine qu'Eliott pensait... enfin... Aucune importance! (Elle eut un rire de gorge.) Quels sont vos projets?

La première réaction de Sandra fut de lui demander en quoi cela la concernait, mais elle décida qu'il valait mieux s'entendre avec cette femme qui pourrait être une source d'informations. D'ailleurs, Casaundra paraissait sincèrement curieuse de connaître ses projets.

— Je veux devenir vétérinaire.

— Vétérinaire? Vous occuper d'animaux malades? Vraiment, Sandra, où avez-vous pris cette idée absurde?

Agacée de ne jamais être prise au sérieux, Sandra tenta de se maîtriser.

— Ce n'est pas absurde. C'est une belle profession. Il y a différentes sortes de vétérinaires, vous savez.

— Je l'ignorais tout à fait, répondit froidement Casaundra d'un ton indifférent. Mais j'ai un ami vétérinaire et j'ai été surprise de découvrir que ce n'est pas si simple que cela. Vous devez savoir que l'école vétérinaire est très coûteuse et qu'il faut des années d'études?

— Je... oui, murmura Sandra qui n'était pas trop informée puisqu'elle avait pris cette décision juste avant que la maladie de sa mère empire et qu'elle n'avait plus eu le temps de s'en préoccuper tandis qu'elles vivaient toutes deux au jour le jour, se débattant dans mille difficultés. Elle rougit, honteuse d'en savoir si peu.

— Très intéressant! commenta Casaundra en faisant tourner une grosse émeraude autour de son doigt. Un vétérinaire femme! (On voyait que cela l'intriguait vraiment.) Et quels sont vos projets immédiats? Vous allez partir suivre des cours très prochainement?

Son ton paraissait optimiste et Sandra eut l'impression très nette que Casaundra ne souhaitait pas la voir rester là longtemps. Mais avant de partir, elle voulait en apprendre davantage sur son père et Eliott...

— Non, je vais rester jusqu'à la rentrée d'automne. Il faut que je m'organise. Je n'ai même pas encore visité la ville et je voudrais faire un stage dans un refuge pour animaux.

— Vous voulez dire... à la fourrière? Au milieu de ces pauvres chiens et chats abandonnés et sales?

— Oui.

Sandra était de plus en plus convaincue qu'elle aurait avec Casaundra des relations aussi peu amicales qu'avec Eliott. Tous deux avaient réussi à la mettre en colère dès leur première rencontre. Mais une étrange lueur brillait dans les yeux de Casaundra.

— Je vais vous montrer la ville et la fourrière, annonça-t-elle brusquement avec un sourire hypocrite. Allez chercher votre manteau, et nous partons!

Stupéfiée par cette décision impromptue, Sandra se récria:

— Letti et moi avions déjà prévu de visiter ensemble la ville, ce matin. D'ailleurs, elle est en train de nous préparer du café, l'avez-vous oublié?

— Pour l'amour du ciel, cela n'a aucune importance! fit Casaundra en balayant sa protestation d'un geste. Elle aurait dû se dépêcher, voilà tout. Allons, venez!

— Je vais l'avertir, répliqua Sandra en sortant de la pièce.

A la cuisine, Letti était en train de remplir deux tasses avec une cafetière d'argent.

— Nous n'en aurons plus besoin, lui murmura Sandra. Casaundra insiste pour me montrer la ville elle-même, ajouta-t-elle gênée car elle aimait bien Letti et ne voulait pas l'attrister. Je lui ai expliqué que nous avions déjà fait des plans, mais elle ne veut rien entendre!

— Oh, celle-là! marmonna Letti, mécontente.

Comme par magie, Casaundra surgit à la porte.

— Vous avez entendu, Letti? C'est moi qui vais lui faire faire le tour de la ville. Je suis sûre que vous êtes bien trop occupée pour servir de guide aux invités d'Eliott. Je lui montrerai aussi la fourrière.

— Un instant, mademoiselle Calahan! Je ne crois pas que Sandra devrait y aller... Elle n'en a pas encore parlé à Eliott et...

— C'est toujours le même problème avec vous, Letti, l'interrompit sèchement Casaundra. Vous êtes incapable de rester à votre place. Ne me dites pas ce que j'ai à faire! (Ignorant le regard furieux de Letti, elle saisit une grande enveloppe préparée sur le plateau du café et ajouta:) Je suis prête, Sandra.

Ne voulant ni abandonner Letti sans s'excuser ni irriter Casaundra, Sandra finit par demander:

— Est-ce que j'y vais, Letti?

— Sandra! coupa Casaundra, vous n'avez tout de même pas besoin de la permission d'une domestique!

— Mademoiselle Calahan, articula Letti d'une voix

dure, tout le monde n'est pas aussi impoli que vous. Sandra et moi avions fait des projets. (Elle se tourna vers Sandra et la poussa d'un geste maternel.) Allez-y et amusez-vous bien, mon petit.

Avec un éclair cynique dans les yeux, Casaundra pivota sur ses talons et quitta la cuisine. Après un dernier regard désolé vers Letti, Sandra lui emboîta le pas.

Elle ne pouvait comprendre comment Eliott tolérait qu'on parle ainsi à Letti à laquelle il était visiblement très attaché. Elle était choquée par le ton condescendant de Casaundra et par son indifférence flagrante envers les sentiments d'autrui. Eliott et elle étaient parfaitement assortis! Cependant, pour une mystérieuse raison, cette pensée lui déplut. Et elle découvrit qu'au fond d'elle-même, elle pensait exactement le contraire.

Haussant les épaules, elle suivit la belle Casaundra.

3

Malgré le ciel gris et menaçant, la visite de la petite ville s'avéra pleine d'intérêt. A moitié ancienne, à moitié moderne, Danville s'étageait sur des collines de part et d'autre du Dan River aux flots boueux et tumultueux. Au bout du vieux pont, Casaundra et Sandra passèrent devant une grande bâtisse en briques rouges avec des fenêtres noires.

– La filature de coton, expliqua Casaundra. Les filatures Dan River Hills sont les plus grandes du monde. Elles existent depuis 1881. Je suis obligée de savoir tout ceci pour informer les étudiantes que nous accueillons à nos cours...

– J'ai déjà vu des draps avec l'étiquette Dan River, mais j'ignorais qu'ils étaient fabriqués ici!

D'ailleurs, je ne me doutais pas que cette ville était si intéressante, et je ne me réjouissais pas du tout d'y venir... Finalement, je crois que mon séjour sera passionnant.

– Oh! Il sera passionnant pour tout le monde! répliqua Casaundra avec un rapide coup d'œil étonné à Sandra.

Celle-ci ignora ces insinuations. Elle aurait préféré éprouver une franche amitié pour Casaundra mais, après le mauvais départ pris par leurs relations, un sixième sens l'avertissait qu'il fallait s'en méfier. Si bien des gens semblaient tout savoir sur ce qu'avaient été les rapports d'Eliott et de ses parents, personne, à l'évidence, ne souhaitait lui en parler... Casaundra comme les autres. C'est pourquoi Sandra évita d'aborder ce sujet avec elle.

– Y a-t-il de bonnes universités ici? lui demandat-elle.

– Oui.

– Tant mieux. Mes études me tiennent tellement à cœur.

– Enchantée de l'apprendre!

A cet instant, Sandra crut reconnaître le chemin qu'elles avaient pris pour venir en ville.

– Mais... ne devions-nous pas passer par la fourrière? Je sais bien que Letti n'avait pas l'air d'approuver cette visite avant qu'Eliott ne soit au courant de mes projets...

– Ah non? Vous êtes pourtant une grande fille, maintenant. Vous pouvez vous passer de l'autorisation d'Eliott, non? Nous sommes en route pour la fourrière, n'ayez crainte.

– Naturellement, je n'ai pas besoin de son consentement, mais puisque je suis venue sous son toit pour pouvoir étudier, il est naturel que j'agisse avec courtoisie.

Elle prit bien garde de révéler qu'Eliott et elle s'étaient déjà heurtés et que la plus exquise courtoisie ne suffirait plus pour une cohabitation paisible.

– Je comprends très bien! approuva Casaundra avec un sourire moqueur.

Sandra se demanda à nouveau pourquoi elle agissait ainsi... Savait-elle quelque chose au sujet d'Eliott et du départ de son père, ou était-elle simplement jalouse?

A la fourrière, on leur apprit que le personnel était au complet et qu'on n'engageait plus que des volontaires bénévoles. Un refus catégorique fut opposé à Casaundra lorsqu'elle insista avec hauteur pour que l'on emploie Sandra à temps partiel.

Elles venaient de quitter le bureau du personnel et se dirigeaient vers la sortie, lorsqu'un homme s'approcha. Mince, de taille moyenne, les cheveux blonds, très élégant dans un costume gris-vert, il portait une cage où miaulait un chat. Préoccupé par l'animal, il ne remarqua pas les deux jeunes femmes.

– Mais c'est Brent Haggerman! Que fais-tu ici? s'exclama Casaundra.

– Casaundra! Toi ici? Comment vas-tu? Tu ne fréquentes guère ce genre d'endroit, d'ordinaire!

S'avançant vers lui, elle lui tendit la joue d'autorité. Il l'embrassa rapidement et sourit joyeusement, les yeux brillants.

– Et qui est cette petite beauté? ajouta-t-il en détaillant Sandra du regard.

– Eh là! Brent... Tu as l'air d'apprécier ce que tu vois! Cette petite beauté, comme tu dis, s'appelle Sandra Hawthorne. C'est la fille de Lena, la petite orpheline d'Eliott... articula-t-elle distinctement.

L'éclair de surprise qui traversa les yeux bleus de Brent n'échappa pas à Sandra. Il lui tendit la main.

– Ainsi vous êtes l'hôte d'Eliott? J'avais entendu parler de votre arrivée, mais je ne m'attendais pas à quelqu'un d'aussi charmant. Je suis Brent Haggerman, le vétérinaire local. Enchanté de vous rencontrer. Casaundra, Eliott et moi sommes de vieux amis, n'est-ce pas, mon chou? ajouta-t-il en se retournant vers la jeune femme avec un regard étrange.

Sandra fut étonnée par le sourire crispé qu'ils

échangèrent. Brent paraissait gêné depuis que Casaundra lui avait expliqué qui elle était.

– Enchantée, répondit-elle poliment en examinant à son tour les yeux vifs, la chevelure blonde et la grande bouche joviale de Brent – un homme d'une certaine beauté, un peu plus jeune qu'Eliott. Mais c'était surtout sa profession qui intéressait la jeune fille.

– Sandra voulait travailler ici, expliqua Casaundra, mais il n'y a pas de poste libre.

– Vous vouliez travailler ici, mademoiselle Hawthorne? répéta Brent, extrêmement surpris.

– Appelez-moi Sandra. Oui... parce que je veux devenir vétérinaire.

– Moi, c'est Brent, dit-il avec un sourire juvénile. Je suis vétérinaire. Je me demande... (Il se frotta le menton avec perplexité.) Eliott est au courant de vos projets?

Casaundra sourit franchement et posa une main sur le bras de Brent.

– J'en doute fort!

L'attention de Sandra fut attirée par le chaton qui miaulait de plus en plus fort dans sa cage.

– Qu'il est bruyant! commenta-t-elle pour faire diversion.

Ouvrant la cage, Brent en sortit un petit animal à longs poils couleur pain d'épice. Le chaton était pathétique : une de ses oreilles pendait lamentablement, ce qui lui donnait l'air plus pitoyable encore.

– Je l'ai trouvé au bord de la route. Il a dû être jeté d'une voiture par des gens qui déménagent. J'ai recousu sa plaie, mais je crains qu'il ne trouve pas de foyer avec son oreille irrémédiablement endommagée. Il n'a plus que la mort à espérer...

– Oh! mais il est magnifique, s'apitoya Sandra.

– Magnifique? Pas plus que les autres, et les chats de son genre ne sont certainement pas ce qu'il y a de plus rare sur la terre! laissa tomber Casaundra.

– Je sais, j'ai travaillé dans un refuge en Californie et j'ai été horrifiée par le nombre d'animaux qu'il faut piquer parce que personne n'en veut. (Prise d'une impulsion, elle se tourna vers Casaundra.) Vous connaissez Eliott mieux que moi. Croyez-vous qu'il serait très mécontent si j'adoptais ce chaton?

Casaundra et Brent échangèrent un coup d'œil.

— Je crains fort qu'Eliott ne soit pas un grand ami des animaux, les chevaux mis à part! expliqua Brent.

— Mais un petit chat n'est pas encombrant! suggéra Casaundra d'une voix de miel.

Le regard étonné de Brent n'échappa pas à Sandra.

— Si, il peut déranger. Eliott pourrait ne pas l'apprécier. A mon avis, il ne sera pas d'accord du tout et je ne veux pas être responsable d'une situation qui lui déplairait. Après tout, Eliott fait toujours exactement ce qu'il veut!

Cette phrase parut plutôt agressive à Sandra, mais elle ne remarqua rien de malveillant sur le visage de Brent.

— Pour l'amour du ciel, Brent! s'exclama Casaundra, donne-lui ce chat. Elle le veut. Eliott est en voyage et l'animal sera piqué à son retour si personne ne le prend. D'ailleurs, ajouta-t-elle avec un sourire, la fille de Lena Hawthorne ne risque pas d'être intimidée par Eliott Montaigne!

— Comme tu voudras, Casaundra. J'espère que tu assumeras ta part de responsabilité quand il le faudra!

Sandra sentit avec certitude que cette phrase avait un double sens. Elle les vit se défier du regard et eut l'impression très claire qu'en réalité ils parlaient d'une situation plus ancienne.

— Je n'ai pas peur d'Eliott Montaigne, répondit-elle calmement en tendant la main vers le chaton.

Qu'est-ce qui lui prenait? Un désir pervers de défier Eliott? Il obtenait toujours ce qu'il voulait? Eh bien, il était temps que cela change. Elle prit le chaton et le serra dans ses bras.

— Enchantée de vous avoir rencontré, Brent.

Casaundra, je vous attends dans la voiture, dit-elle pour laisser les deux amis parler tranquillement.

— Tout le plaisir a été pour moi, répondit Brent en la fixant de ses yeux bleus. J'espère vous revoir souvent.

Arrivée au bout du couloir, Sandra se rappela qu'elle n'avait pas dit merci pour le chat. Comme elle retournait sur ses pas, elle entendit Brent qui disait :

— ... pas cette jeune femme, Casaundra. N'essaie pas de lui jouer tes tours habituels. Je suis sérieux. Ne recommence pas!

Sandra sentit son sang refluer à son cœur. Ils ne pouvaient parler d'elle. Il avait un ton si... si menaçant... Quels étaient les tours de Casaundra? Sandra secoua la tête. Non, il ne pouvait s'agir d'elle. Casaundra la connaissait à peine.

— Excusez-moi, dit-elle rapidement. J'ai oublié de vous remercier pour le chat!

Sursautant, ils se tournèrent tous les deux vers elle. Le regard de Casaundra était froid comme une lame de métal.

— Ce n'est rien, je vous assure, répondit Brent avec un sourire forcé.

Sandra repartit et Casaundra la rattrapa devant le bâtiment.

— Quel nom allez-vous lui donner? demanda-t-elle comme si de rien n'était.

— Je crois que je vais l'appeler Asphalte, puisque c'est là qu'il a été trouvé! répondit-elle en embrassant la petite boule de fourrure toute tremblante.

Le ciel s'était encore assombri et soudain, ce fut un vrai déluge. Avant que Casaundra n'ait réussi à ouvrir les portières, elles étaient trempées. Elles restèrent silencieuses pendant tout le retour, à part un rapide arrêt pour acheter de la nourriture pour chats...

— Je n'entrerai pas, dit Casaundra en approchant de Willowstone. Amusez-vous bien avec votre chat! lança-t-elle d'un ton moqueur qui confirma à Sandra qu'elle manigançait quelque chose.

— Merci!

Fourrant Asphalte sous un pan de sa veste, elle empoigna le sac de provisions et se précipita sur le perron. Elle était heureuse d'avoir sauvé le chaton, espérait qu'il serait bien accueilli et qu'elle n'aurait pas à lutter pour le garder.

Elle ouvrit la porte. Ça sentait la pipe... Eliott? Impossible. Il était à New York. Des invités? Pourvu qu'ils ne la voient pas, avec ses vêtements et ses cheveux détrempés... D'ailleurs, elle préférait montrer d'abord Asphalte à Letti, car elle se sentait déjà moins sûre d'elle...

Evitant le salon, elle laissa son sac à la cuisine et chercha Letti en vain. Il ne restait plus qu'à aller au salon. Elle s'arrêta quelques secondes derrière la porte, n'entendit rien et, croyant la pièce vide malgré l'odeur de tabac, entra.

A la vue d'Eliott assis dans le fauteuil beige devant la cheminée, sa main se crispa sur la poignée et elle laissa échapper un petit cri. Ses chaussures trempées posées à côté de son siège, Eliott étendait vers le feu ses mains et ses pieds chaussés de laine grise, tout en tirant sur sa pipe. Il offrait un spectacle familier, réconfortant, et pourtant Sandra le trouva plus intimidant que jamais. Ne l'ayant pas entendue, il s'appuya, les yeux clos, contre le dossier du fauteuil. Elle tentait de s'en aller sans bruit quand Asphalte lui échappa et s'approcha du fauteuil. Horrifiée, Sandra s'avança sur la pointe des pieds. A ce moment, Eliott ouvrit les yeux et la regarda avec étonnement.

– Qu'est-ce que vous faites là? demanda-t-il d'une voix lasse qui fit peur à Asphalte.

Avec une agilité inattendue pour un chaton si récemment blessé, il escalada le dossier, passa par-dessus et redescendit de l'épaule d'Eliott à son genou, avant de se sauver par la porte.

Sandra recula. Eliott s'était levé d'un bond avec un regard si furieux qu'elle eut envie de s'enfuir aussi vite que le chat.

– Par tous les diables! Que se passe-t-il donc? Qu'est-ce que ça signifie, Sandra? Un homme ne peut plus se détendre dans son propre salon?

Elle sentit sa gorge se serrer. Il était très proche d'elle, mais aujourd'hui elle n'avait à redouter aucun geste déplacé de sa part. Nulle passion ne brûlait dans ses yeux, et elle avait certainement dû se tromper, la veille, car il avait plutôt l'air de la détester.

– Alors? insista-t-il.

– Je... je suis désolée, Eliott, bégaya-t-elle sans réussir à retrouver ses esprits tant elle se sentait ridicule.

Elle s'était vantée de ne pas avoir peur de lui, mais elle n'avait pas prévu de le voir dès ce soir et, surtout, dans une telle situation. Elle regarda nerveusement autour d'elle, les yeux encore agrandis par l'affolement, alors que ceux d'Eliott brûlaient de colère. Elle tenta de poursuivre ses explications :

– C'était... c'est un chat que j'ai adopté aujourd'hui. J'espère que vous n'y voyez pas d'inconvénient?

Incrédule, il continua à la dévisager en silence et elle se sentit obligée de donner davantage de détails.

– Vous voyez, il était orphelin et... Letti m'a dit que vous vouliez que je me sente chez moi...

Un horrible fracas provenant de la bibliothèque l'interrompit, la clouant sur place une seconde. Elle ne comprenait que trop bien ce qui venait d'arriver. Enfin, elle se précipita à la recherche du chat qu'elle trouva, ses yeux verts étincelants comme des braises, au milieu des débris du jeu d'échecs en verre soufflé d'Eliott. Elle l'entendit arriver derrière elle mais n'osa se retourner. Empoignant le chat avant qu'il ne puisse commettre d'autres méfaits, elle se baissa pour ramasser ce qui restait des pièces brisées en des milliers de petits morceaux.

– Du verre soufflé qui vient d'Italie, mademoiselle Hawthorne. J'ai ce jeu depuis huit ans et pas un seul pion n'était même ébréché... laissa tomber Eliott d'une voix sévère.

Toujours accroupie, Sandra se tourna vers lui, qui, sembla plus grand encore, la toisait d'un air méprisant.

— Je suis désolée, Eliott. Je vous en prie, croyez-moi. Je remplacerai les pièces cassées.

Elle se sentait aussi brisée que les pions de verre et mortifiée d'être responsable de tant de malheurs en si peu de temps.

— Je suis heureux de vous l'entendre dire. Ce jeu vaut environ deux mille dollars!

— Cela prendra du temps, mais je les remplacerai, insista-t-elle avec témérité.

Elle reprit, bien inutilement, sa tâche de nettoyage, compliquée par Asphalte qui se débattait. Lorsqu'elle regarda autour d'elle à la recherche d'un récipient pour poser les morceaux cassés, elle vit qu'Eliott était parti. Elle refoula les larmes qui lui montaient aux yeux. Si seulement elle n'avait pas fait cette promesse à sa mère et... si celle-ci s'était souvenue de cet homme, elle ne lui aurait pas demandé de venir ici! Il était terrifiant.

Laissant retomber les morceaux, elle s'assit sur le parquet glacé.

— Oh! Asphalte, chuchota-t-elle, regarde ce que tu as fait! Si tu continues, il faudra que nous cherchions un autre foyer, toi et moi...

Mais Asphalte s'installait possessivement sur les genoux de Sandra en ronronnant. Un petit cri de surprise provenant du seuil de la pièce fit sursauter Sandra.

— Seigneur! s'exclama Letti. Que se passe-t-il? D'où vient ce chat? demanda-t-elle en se penchant pour ramasser la reine demeurée intacte.

En phrases entrecoupées, Sandra lui raconta ce qui s'était passé, puis elle serra les lèvres pour essayer de ne pas pleurer, mais devant l'expression de compassion de Letti, elle ne put se retenir et ses larmes coulèrent sur ses joues. Letti lui tapota l'épaule.

— J'étais sortie un instant pour apporter son repas à George. Il fait lui-même sa cuisine, mais j'aime lui apporter un vrai repas de temps en temps. C'est pour ça que vous ne m'avez pas trouvée... Et Eliott est ici parce qu'une tempête de neige s'est abattue sur New York et que les vols ont été annulés. Ensuite, un pneu de sa voiture a crevé et il a dû changer de roue sous cette pluie, ce qui fait qu'il est rentré éreinté! Mais ne vous inquiétez pas pour le jeu d'échecs... Eliott en commandera un autre. Essuyez vos yeux et laissez-moi nettoyer tout ça.

Serrant toujours le chat contre elle, Sandra se releva.

– Letti, il vaut peut-être mieux que je le rapporte à la fourrière? J'ai peur qu'Eliott ne soit réellement fâché... Je n'aurais pas dû l'amener ici.

– Mais non... Eliott va se calmer, dit Letti d'une voix apaisante en tendant sa grande main vers le chaton qui se mit à lui lécher les doigts. Attendez un peu. Eliott s'habituera au chat. D'ailleurs, ce sera bien agréable d'avoir un animal dans la maison. Je vais chercher un balai, mais ce soir, il est plus prudent d'emmener le chat dans votre chambre.

Reconnaissante, Sandra se pencha et embrassa la joue ridée de Letti en la remerciant, puis elle se sauva pour enfermer le chat chez elle. Lorsqu'elle redescendit, Letti avait tout ramassé et remis les pièces intactes sur la table.

– Si vous gardez le chat, il faudra que cette porte reste fermée, mon enfant. Préparez-vous maintenant pour le dîner. Il est presque l'heure et comme Eliott est déjà de mauvaise humeur...

Les yeux fixés sur les restes du jeu, Sandra se laissa tomber dans un fauteuil. Deux mille dollars! Comment trouverait-elle jamais une telle somme? Lorsqu'elle entra dans la salle à manger, Eliott était déjà assis, étudiant ce qui paraissait être un document financier.

– Où est votre animal, Sandra? L'avez-vous laissé à la bibliothèque pour qu'il casse tout? Ou est-il caché sur votre personne, se préparant à m'attaquer à nouveau?

Elle ne pouvait l'approcher sans qu'ils se disputent! Il lui parlait d'une manière exaspérante alors qu'elle arrivait avec l'intention de lui dire qu'elle rapporterait le chat à la fourrière s'il le souhaitait vraiment. Mais après cette remarque désagréable, elle décida d'attendre.

— Le chat est dans ma chambre. C'est un accident. Vous lui avez fait peur, dit-elle avec raideur en s'asseyant à sa place.

— Vous ne trouvez pas que vous exagérez un peu d'amener un animal ici le lendemain de votre arrivée? Vous souciez-vous toujours aussi peu des désirs d'autrui?

Il avait vraiment de l'audace de lui demander si elle ne se préoccupait jamais des désirs d'autrui! Comment pouvait-il parler ainsi, lui qui avait fait irruption dans sa chambre?

— Ce chat a été abandonné, répondit-elle vivement, tout en se contrôlant pour rester polie. Je ne suis pas aussi folle que vous paraissez le croire.

— Oh! Vraiment?

— Je suis allée à la fourrière pour chercher du travail. La vie du chat était menacée et c'est par pure coïncidence que je suis arrivée au bon moment. Je... je suis désolée que vous ayez pu croire que j'ai agi impulsivement, se força-t-elle à dire en pliant et dépliant nerveusement sa serviette.

Pourquoi s'excuser? C'était lui qui l'avait obligée à venir ici contre son gré... Que voulait-il d'elle?

— Je vous demande pardon, interrompit Eliott d'une voix dure, qu'avez-vous dit? Vous êtes allée à la fourrière dans quel but?

— Pour chercher un emploi, murmura-t-elle sans oser lever les yeux.

— Ma pauvre petite, vous n'avez pas besoin de travailler, dit-il d'un ton protecteur. Votre mère et moi avions décidé que vous viendriez ici pour terminer vos études. Vous aurez une pension.

— Je sais que ma mère et vous étiez d'accord. Sinon, croyez-vous que je serais ici? Sachez, cependant, que je suis parfaitement capable de me débrouiller seule. Je suis une adulte, ajouta-t-elle en relevant la tête avec défi. Je peux gagner ma vie. J'ai besoin d'argent pour mes études et mes vêtements, mais je n'accepterai aucune pension! C'est déjà très généreux de votre part de me permettre de loger ici. Je ne veux pas de votre argent.

– Ça suffit! Pourquoi vous obstinez-vous ainsi? cria-t-il, excédé. Gardez votre esprit d'indépendance pour quelqu'un qui saura l'apprécier. Je peux très facilement vous donner une pension et payer vos études. Et c'est exactement ce que je compte faire.

– Tant mieux pour vous! Mais moi, j'ai l'intention de travailler, lança-t-elle, déterminée à ne pas céder, ses yeux bleus lançant des éclairs de colère.

À cet instant, Letti entra avec un plat de poulet frit à la manière du Sud, et un autre de patates douces caramélisées, mais Sandra était si bouleversée qu'elle n'aurait pu avaler une bouchée. Eliott rejeta le rapport sur la table avec fureur et, du coin de l'œil, Sandra vit que Letti repartait avec une hâte inhabituelle.

– Vous êtes encore très jeune, Sandra, et je sais que vous avez été très protégée et insuffisamment guidée. Je comprends que vous êtes à un moment de votre vie où vous ne savez pas très bien ce que vous voulez. C'est pour cette raison que je vous ai demandé de venir. Cependant, si vous croyez m'empêcher, chaque fois...

– Ne me parlez pas comme à une gamine. Je sais ce que je veux. D'ailleurs, vous n'ignorez pas que si je suis ici, ce n'est pas pour les raisons que vous avancez. Vous avez des remords d'avoir volé le rêve de mon père, ne lui laissant qu'un cœur brisé, et vous essayez d'apaiser votre conscience! hurla-t-elle, en disant plus qu'elle n'en pensait, dans sa colère.

Le visage durci en un masque impénétrable, Eliott répondit d'une voix si grave qu'elle en était presque inaudible.

– Vous ne savez pas de quoi vous parlez.

– Si. Je le sais. J'ai vu mon père dépérir et s'éteindre, par votre faute!

Elle n'aurait pas dû dire cela, mais pourquoi Eliott aurait-il eu le droit de réussir grâce aux idées de son père qui était mort pauvre et amer? Et pourquoi Eliott avait-il voulu qu'elle vienne ici, chez lui?

Livide, il respirait avec peine.

– Je préfère ignorer votre dernière remarque. J'essaie seulement de vous donner un bon départ dans la vie, et je vous serais reconnaissant de bien vouloir vous en souvenir. Vous n'auriez pas pu payer le loyer de votre maison en Californie. Vous ne me faites aucune faveur, petite fille! C'est tout le contraire.

– Et moi, je vous serais reconnaissante de vous souvenir que si je suis ici, ce n'est que pour tenir la promesse faite à ma mère sur son lit de mort. Je me serais débrouillée. Je n'ai pas besoin de vos faveurs et je ne crois pas un instant à votre bonté!

Le poing d'Eliott s'abattit sur la table.

– Ça suffit! Vous êtes ridicule et vous le savez!

Il parut reprendre le contrôle de lui-même et elle eut l'impression qu'il avait cherché à l'intimider. Mais plus furieuse que jamais, elle se leva de table.

– Je vous méprise!

– Vraiment? dit-il en repoussant sa chaise.

Les yeux de Sandra s'agrandirent de crainte en le voyant s'avancer vers elle, et son cœur battait si follement qu'elle avait peur qu'il ne l'entende. Elle n'avait jamais eu autant conscience de la présence d'un homme qu'à cet instant.

– Ce qu'il faut, petite fille, c'est vous prendre sérieusement en main, et je suis précisément celui qui peut le faire. J'insiste, comme clause de l'accord qui nous lie, que vous ne travaillerez pas jusqu'à ce que vous vous soyez organisée. Si vous voulez perturber vos études en prenant un travail superflu lorsque vous serez inscrite à l'école de secrétariat, je verrai à ce que vous obteniez un travail à temps partiel. Mais pas à la fourrière! Ça, non!

– Je n'irai pas à votre école! déclara-t-elle d'une voix glaciale avant de se détourner et de se diriger vers la porte. Il n'y a aucun accord entre nous! Et je n'ai pas faim!

Avant qu'elle ait pu faire deux pas, une grande main lui encerclait le poignet.

– Revenez ici! J'ai eu une mauvaise journée et je ne suis pas d'humeur à supporter vos caprices. Je me fiche pas mal que vous ayez faim ou non, mais vous resterez à table pendant tout le repas, comme je vous l'ai déjà demandé, et vous discuterez avec moi de votre avenir maintenant!

Les doigts d'Eliott lui meurtrissaient le poignet et, alors même qu'elle le haïssait de tout son être et qu'elle se débattait pour se libérer, elle sentit une vague d'excitation lui parcourir le bras. Cette sensation la stupéfia. Pouvait-elle être attirée par cette brute? Personne ne l'avait jamais traitée aussi abominablement, et pourtant elle était certaine que sa peau réagissait à son contact brûlant. Leurs regards se croisèrent, mais elle ne sut déchiffrer son expression d'où la colère avait disparu.

– Asseyez-vous! ordonna-t-il. (Prisonnière comme elle l'était, elle n'avait pas le choix et il ne la lâcha que lorsqu'elle eut repris sa place.) Depuis votre arrivée, vous avez passé votre temps à monter sur vos ergots. Ne pourrions-nous discuter comme deux adultes, pour une fois?

– Nous le pouvons si vous arrêtez de vouloir me dominer ou de forcer mon intimité, répondit-elle, la tête penchée et l'observant à la dérobée entre ses longs cils.

– Je ne vous maltraite pas, rectifia-t-il en s'asseyant lourdement. Si je le faisais, vous auriez plus de raisons de vous plaindre que vous ne le supposez, je vous l'assure. (Sa voix semblait vibrer tant elle était grave.) Et si vous faites allusion à mon entrée intempestive dans votre chambre, je vous ai déjà priée de m'excuser. La prochaine fois que vous ne voudrez pas que j'entre, parlez plus fort! Letti! Vous pouvez apporter la suite!

Letti arriva immédiatement avec un gratin de pommes de terre et des haricots verts qu'elle posa sur la table. Elle retourna chercher des petits pains au maïs et s'assit à sa place. Sandra défiait toujours Eliott du regard car elle n'avait pas l'intention de céder d'un pouce. Cette façon de sous-entendre qu'elle avait bien voulu qu'il entre dans sa chambre la mettait hors d'elle. Etait-ce sa faute s'il n'avait pas entendu sa voix ? Personne ne pénètre dans la chambre d'une jeune fille sans être certain d'y être autorisé ! Elle eut soudain peur qu'il ne devienne violent, mais il détourna les yeux.

Le repas se poursuivit en silence. Letti, elle-même, n'osait prononcer un mot. Enfin, Eliott reprit la parole :

— Pourquoi ne pouvez-vous vous comporter normalement, comme toutes les jeunes filles de votre âge ? Il est très utile pour une femme d'apprendre le métier de secrétaire. Vous n'avez pas, je pense, l'intention de travailler toute votre vie ? Vous vous marierez, vous aurez des enfants, un foyer, non ?

— « Normalement »... c'est-à-dire selon vos désirs ? Je suis normale, merci, pour une femme de mon âge. Bien sûr que je souhaite un mari, un foyer et des enfants, mais je compte choisir tranquillement. Je n'ai pas encore rencontré celui qui me fera changer d'avis au sujet de ma profession. Et une femme peut mener les deux choses de front. Vous ne le savez pas encore, ici, dans le Sud ?

— En ce qui me concerne, une femme ne peut pas faire les deux, répliqua-t-il froidement.

— Et vous n'êtes pas marié, n'est-ce pas ? souligna-t-elle avec une douceur feinte.

— Mais pourquoi voulez-vous travailler à la fourrière si votre carrière vous paraît si importante ? demanda-t-il.

— Parce que je veux devenir vétérinaire. Et au cas où vous ne comprendriez pas le rapport, j'ai besoin d'expérience pratique.

Eliott parut extrêmement surpris. Il la dévisagea pendant une bonne minute avant de répondre.

— Je vois. N'êtes-vous pas un peu trop optimiste ? Je ne me rendais pas compte que vous aviez de telles aspirations !

— Je deviendrai vétérinaire, j'en suis aussi capable que n'importe qui d'autre ! (La croyait-il donc trop stupide pour cela ?)

— L'êtes-vous réellement? Je crois savoir que les études sont très difficiles et fort coûteuses. Il faut plus qu'un simple désir pour devenir vétérinaire, conclut-il en se remettant à manger.

— Avec de la détermination, on peut faire n'importe quoi. La volonté, c'est ce qui compte. Et je serai vétérinaire. Je suis une bonne élève. J'ai eu mon bac avec mention. Et si le prix dépasse ce que vous aviez prévu, ne vous inquiétez pas, je me débrouillerai pour y faire face.

— Mademoiselle Hawthorne, on dirait vraiment que vous avez subitement fait un gros héritage! D'abord, vous me dites que vous me rembourserez les deux mille dollars pour le jeu d'échecs. Maintenant, vous m'annoncez être à même de payer des études ruineuses! Mais il n'est pas si facile d'être admise à l'école vétérinaire, vous savez? Il n'y a que très peu de places. Je connais bien la situation. J'ai un ami dans cette profession. Vous devrez aller à l'université de Georgie, y loger...

Sandra devint cramoisie. Il avait parlé de dépenses et de problèmes qu'elle ne soupçonnait même pas. Il en savait plus qu'elle, comme tout le monde, mais, bien qu'embarrassée par son ignorance, elle n'allait pas se laisser intimider.

— J'obtiendrai une bourse!

— Vous êtes vraiment trop naïve, Sandra. J'avais d'autres projets pour vous. Ne pensez-vous pas que l'école de secrétariat, complétée par un cours de gestion, par exemple, pourrait vous intéresser? J'ai étudié les derniers rapports financiers de ma société et je...

Voilà. Enfin, il l'admettait! Il avait planifié son avenir sans la consulter...

— Je me doute que vous avez des projets pour moi, mais je ne suis impressionnée ni par votre société ni par vos plans. Votre école ne m'intéresse pas. Je veux devenir vétérinaire, pas secrétaire. Et d'ailleurs, vous n'avez aucun droit de décider de mon avenir, dans aucun domaine.

De toute évidence, Eliott faisait un effort pour conserver son sang-froid. Il la dévisagea longtemps en silence et elle remarqua une inquiétante crispation de ses mâchoires.

— Pour votre information, les secrétaires sont très qualifiées à l'heure actuelle, elles ne se bornent pas à taper à la machine. D'ailleurs, vous ne m'avez pas laissé terminer, Sandra. J'avais une proposition à vous faire qui aurait pu vous plaire. Votre père était obsédé par les écoles de secrétariat. C'était son idée et, au départ, je ne pensais pas qu'elles marcheraient car il y avait déjà beaucoup de concurrence, mais votre père en était convaincu. S'il ne s'était pas associé avec moi lorsque j'avais vingt et un ans, et s'il ne m'avait aidé à lancer la première école, je n'aurais jamais réussi. Vous le voyez, j'ai une dette envers votre père. Et croyez bien, mademoiselle Hawthorne, que d'une manière ou d'une autre, j'ai l'intention de m'en acquitter. (Il s'arrêta un instant et jeta un coup d'œil vers Letti qui gardait le nez dans son assiette.) Je pensais que nous pourrions discuter de votre avenir en adultes raisonnables, mais je me suis trompé sur votre compte. (Il posa les mains de part et d'autre de son assiette comme s'il se préparait à déclarer quelque chose de déplaisant.) Je vois que vous avez hérité de votre père son orgueil mal placé, son indépendance insensée et sa haute opinion de lui-même!

Sandra frémit de haine en l'entendant insulter ainsi la mémoire de son père, et la critiquer, elle.

— Vous avez terminé? Alors, je m'en vais. Je n'aurais jamais dû venir ici. J'ai fait là une énorme erreur. Demain matin, je serai partie.

— Je ne le crois pas, mademoiselle Hawthorne! l'arrêta-t-il, les lèvres serrées en un sourire pincé. Nous avons bel et bien passé un accord. Vous avez accepté de venir vivre ici, du moins jusqu'à ce que vous ayez vingt et un ans, et j'ai accepté de vous faire faire des études. Je veux honorer cet accord. Vous ferez des études vétérinaires, si c'est ce que vous souhaitez réellement, mais je m'assurerai que vous respectez aussi vos obligations.

— Vous ne le ferez pas! cria-t-elle en repoussant si brutalement sa chaise qu'elle la fit tomber.

Puis elle courut vers la porte.

Il allait avoir des surprises s'il croyait pouvoir la faire passer par où il voulait. Et pour Sandra, le fait qu'il soit riche, puissant et autoritaire, lui importait peu. Non, il ne lui faisait pas peur!

4

— Revenez, Sandra! hurla Eliott.

Ouvrant la porte à toute volée, la jeune fille s'engagea dans le hall sans se retourner. Elle l'entendit derrière elle mais poursuivit sa course.

— Sandra!

La violence avec laquelle il cria son nom la fit frissonner, mais elle ne s'arrêta pas et grimpa jusqu'au premier étage. Le bruit de ses chaussures sur les marches résonnait horriblement et elle entendait les pas plus lourds de celui qui la poursuivait. Jetant un bref regard par-dessus son épaule, elle fut étonnée de voir Eliott aussi proche d'elle. Et dans une effroyable colère.

Elle se jeta dans sa chambre, claqua la porte et chercha la clé avant de se souvenir qu'il n'y en avait pas. Asphalte, roulé en boule sur son lit, bondit de surprise, mais Sandra n'avait pas le temps de s'occuper de lui. Elle se précipitait vers le placard pour en sortir sa vieille valise, lorsque la porte fut si violemment ouverte qu'elle heurta le mur.

Menaçant et immense, Eliott s'approcha et lui emprisonna les poignets, la forçant à lâcher la valise qui tomba bruyamment par terre. Le cœur battant la chamade, haletante, Sandra le regarda : son regard étincelait de fureur et un muscle tressaillait sur sa mâchoire crispée.

— Lâchez-moi! implora-t-elle.

— Que faites-vous?

Tentant d'échapper à cet étau d'acier, elle tordit vainement ses bras. Pour toute réponse, Eliott l'attira vers lui et le tissu de sa veste frôla sa poitrine.

Embrasée par un feu inattendu, Sandra ne put articuler les paroles qu'elle s'apprêtait à dire. Reprenant enfin son souffle, elle cria :

– Je ne veux plus rester ici, exposée à vos insultes! Non, je ne resterai pas! Je n'ai pas besoin de vous! Je peux me débrouiller seule, parfaitement!

– Vous êtes la femme la plus exaspérante que j'aie jamais rencontrée! J'ai terriblement envie de vous coucher sur mes genoux et de vous flanquer une énorme fessée!

– Vous n'oseriez pas! hurla-t-elle en se débattant si frénétiquement qu'elle se retrouva serrée tout contre lui.

Etait-ce son imagination? Il lui semblait qu'un regard étrange remplaçait la rage antérieure d'Eliott.

– Oh! Sandra, vous êtes si innocente, si naïve, murmura-t-il soudain avec une douceur inattendue.

Il la dévisagea sans faire un geste pour l'écarter de lui. Puis il approcha son visage tout près du sien, et elle retint sa respiration. Elle n'avait jamais été aussi troublée de sa vie. Comme les puissants pirates de jadis, il paraissait capable d'obtenir tout ce qu'il voudrait, et de disparaître sans se préoccuper des conséquences. Et elle avait la folle certitude qu'il la désirait. Elle s'efforça de calmer les battements désordonnés de son cœur. Elle ne pouvait pas désirer être embrassée par cet homme qui l'avait constamment insultée, qui avait trahi son père et se moquait d'elle depuis son arrivée. Elle ne le pouvait pas! Et pourtant, en voyant ses lèvres sensuelles s'approcher des siennes, en humant l'odeur épicée de tabac qui émanait de lui, elle sut qu'elle y aspirait, et ses lèvres s'entrouvrirent d'elles-mêmes. C'était fou, complètement fou, mais jamais elle n'avait éprouvé de telles sensations et il lui semblait suprêmement injuste que cet homme cruel la tente ainsi.

Brusquement, il inclina la tête et leurs lèvres se joignirent tandis qu'il la serrait dans ses bras avec une sorte de gémissement. Sandra eut l'impression d'être traversée par un courant électrique. Elle se serra contre lui, les bras noués autour de sa taille, incapable de résister au torrent d'émotions qui l'emportait. Elle n'avait jamais eu beaucoup de temps à consacrer à sa vie sentimentale, mais les baisers qu'elle avait déjà reçus n'avaient en rien ressemblé à celui-ci.

Elle l'étreignait de plus en plus fort, souhaitant sentir chacun des muscles de son corps contre le sien. Les mains d'Eliott caressaient langoureusement son dos, et ses lèvres se faisaient plus exigeantes. Elle s'entendit gémir et frissonna, emportée par une flambée de désir fiévreux.

Le baiser se termina aussi subitement qu'il avait débuté. Eliott se redressa et s'écarta avec tant de rudesse que Sandra eut l'impression d'avoir reçu une gifle. Comme si le contact de la jeune fille l'avait brûlé, il enfouit les mains dans ses poches.

– Excusez-moi! Ça ne se reproduira plus, grommela-t-il.

Elle recula d'un pas et passa une main sur ses lèvres gonflées. La honte la brûlait. Elle savait qu'elle l'avait déçu et qu'elle s'était ridiculisée.

– Je vous avais dit de ne plus me toucher! murmura-t-elle. Je ne devrais même pas être ici.

Le fait de lui avoir cédé si facilement l'humiliait et la choquait. Quant à Eliott, comme s'il était encore plus en colère qu'avant, il se lança dans une nouvelle tirade, dardant sur elle ses yeux sombres.

– Sandra, votre mère et moi avons passé un accord. Je m'occupe de votre avenir. L'argent n'est pas un obstacle et je m'arrangerai pour que vous suiviez vos études vétérinaires. Vous ne vous débrouilleriez pas seule. Vous ne savez même pas que pour être acceptée à l'école vétérinaire, vous devez suivre une formation préalable.

Perdue au cœur d'un tourbillon d'émotions, elle ne savait plus pourquoi ils se disputaient. Elle fixait inconsciemment ses lèvres, troublée par sa proximité.

– Vous aurez aussi besoin d'expérience pratique,

poursuivit-il. Je vous trouverai du travail auprès d'un de mes amis vétérinaire. Nous verrons ainsi si vous êtes douée ou si vous poursuivez simplement un rêve d'enfant.

Sandra retrouva ses esprits et sourit.

– Brent Haggerman?

– Comment le connaissez-vous?

– Je l'ai rencontré à la fourrière. C'est lui qui a soigné Asphalte, mon chat. Casaundra Calahan nous a présentés. Il est très sympathique.

Une étrange expression envahit le visage d'Eliott.

– Je ne savais pas que vous aviez fait tant de choses en une seule journée. Bon, si vous êtes calmée, allons finir de dîner.

Il tourna les talons et se dirigea vers la porte.

– Je...

La porte claqua avant qu'elle puisse poursuivre. Epuisée, elle se laissa tomber sur le lit. En fait, elle avait plutôt honte de son comportement de ce soir, mais il l'avait bien provoquée. Repensant à la manière dont elle avait réagi lorsqu'il l'avait embrassée, elle rougit. Non, elle ne devait plus y penser. Elle allait travailler avec Brent... même si Eliott le lui avait annoncé d'un ton très hostile.

A la réflexion, elle regrettait d'avoir été vindicative au point de rompre toute possibilité de communication avec lui. Mais elle n'avait pas eu le choix. Pourtant, il y avait tant de questions qu'elle aurait voulu lui poser, entre autres au sujet de la proposition qu'il s'apprêtait à lui faire... Elle soupira. Cela n'avait plus d'importance, puisqu'elle pourrait suivre la voie qu'elle s'était choisie. Elle se leva mélancoliquement, referma très soigneusement la porte derrière elle à cause d'Asphalte et redescendit à la salle à manger.

Le samedi matin, Sandra fut surprise d'entendre frapper énergiquement à sa porte. Cette fois-ci elle cria bien fort :

– Un instant, j'arrive!

Elle revêtit rapidement sa robe de chambre et ouvrit la porte. Eliott était appuyé contre le chambranle, vêtu d'un pull bleu clair et d'un pantalon assorti, une couleur qui flattait sa beauté virile. A moitié endormie, Sandra le regarda. Il souriait.

– Que voulez-vous? demanda-t-elle.

Le sourire d'Eliott disparut aussitôt.

– J'aimerais vous parler. Que croyez-vous que je veuille? Est-ce que je vous dérange vraiment terriblement? Vous êtes présentable, non?

Elle le fit entrer, les yeux fixés sur son large dos tandis qu'il s'asseyait sur une chaise capitonnée de velours qui semblait absurdement fragile sous sa masse puissante. Resserrant la ceinture de son peignoir, elle alla prendre Asphalte sur le lit. Eliott jeta un regard peu amène à l'animal.

– Nous allons à la clinique de Brent pour voir ce qu'il peut vous offrir comme emploi. Ça vous intéresse encore, ou avez-vous de nouveaux projets? Vous allez si vite que vous lui en avez peut-être déjà parlé?

Il la dévorait des yeux et elle se rappelait son regard avide lorsqu'il l'avait vue presque nue, le premier soir. Elle sentit que son corps réagissait à ce regard brûlant et se méprisa pour le trouble qu'elle éprouvait. Elle savait qu'Eliott faisait ce qui était en son pouvoir pour l'ennuyer, et ce regard insistant était bien le pire de tout.

– Je ne lui en ai pas parlé du tout. Je m'en voudrais d'empiéter sur votre autorité, monsieur Montaigne, insista-t-elle lourdement.

– Je vois. Bien... avec vous, on ne sait jamais, n'est-ce pas? Vous êtes une mine de surprises, et certaines ne sont pas très agréables!

– Que voulez-vous dire par là?

– Votre apparence, par exemple. Ce petit corps frêle et fragile, malgré ses formes parfaites, ne laisse pas soupçonner une personnalité aussi obstinée et violente que la vôtre!

– Vous-même êtes extrêmement surprenant, au cas où vous l'auriez oublié, répliqua-t-elle, les joues en feu. Ce grand corps puissant...

Il se leva rapidement et fit un geste impatient.

– Je ne suis pas ici pour me disputer avec vous. Si vous voulez m'accompagner chez Brent, habillez-vous et venez déjeuner. De toute façon, vous aurez un emploi. Je pars à 9 heures.

Sur ces mots, il quitta la pièce, laissant Sandra au comble de la colère. Elle se jeta sur son lit. Elle avait voulu le forcer à parler de son père, mais il ne l'avait pas laissée terminer sa phrase. Et puisqu'il disait qu'elle aurait un emploi de toute façon, pourquoi irait-elle à la fourrière? Elle finit par comprendre qu'il était de son intérêt de participer aux arrangements dont dépendrait sa future profession, d'autant qu'elle était décidée à rester à Willowstone juste le temps nécessaire. Résignée, elle prit un bain et enfila un pull marine à manches longues et un pantalon de lainage bleu clair. Cette harmonie de bleus faisait ressortir la couleur de ses yeux, et l'image que lui renvoya le miroir lui plut.

Lorsqu'elle entra dans la salle à manger, Eliott était à table. Il sirotait une tasse de café brûlant en lisant le journal. Sandra décida de ne pas prendre de petit déjeuner.

– Je suis prête, annonça-t-elle en se forçant à sourire.

– Pas moi! répondit-il sans même la regarder et en continuant à feuilleter les pages du journal.

Elle s'assit en face de lui et resta silencieuse. Il se leva enfin et sortit, toujours sans un mot. Sandra le suivit jusque sur le perron. Là, elle se trouva face à un paysage de livre d'images. La pluie de la veille avait gelé et d'immenses stalactites frangeaient le toit. Les branches des saules pleureurs étaient figées dans la glace et brillaient comme des joyaux dans le soleil matinal. Les feuilles des magnolias étaient emprisonnées dans du cristal. George Willis était en train de briser la glace de l'allée où il répandait de la cendre et du sel.

Sandra suivit Eliott à travers l'herbe gelée qui craquait sous les pas. Elle se retourna pour regarder leurs empreintes. Au moment où elle atteignit l'allée, son pied glissa sur une minuscule plaque de glace et elle laissa échapper un petit cri.

Eliott se retourna et la retint par le bras. Ses mains parurent brûlantes à Sandra et elle respira la bonne odeur mâle de son after-shave. Levant les yeux vers lui, elle crut déceler de l'anxiété sur son visage, mais presque aussitôt, il la fit avancer dans l'allée d'une légère poussée avant de la lâcher.

– Pour l'amour du ciel, Sandra, regardez où vous mettez les pieds!

Les mots de remerciements qu'elle allait prononcer lui restèrent en travers de la gorge. Aurait-il souhaité qu'elle tombe, ou avait-il cru qu'elle avait glissé pour attirer son attention?

– Ne vous inquiétez pas, Eliott! Je suis capable de me débrouiller toute seule. Merci.

Elle ralentit le pas tandis qu'il ouvrait la porte du garage. Il y avait là trois voitures luxueuses. Il se dirigea vers une Porsche lie-de-vin, et s'installa au volant. Avec une moue de dédain pour son mépris de la politesse pourtant légendaire du Sud, Sandra s'assit à côté de lui. Il sortit une clé de son trousseau et la lui tendit.

– Vous aurez à vous déplacer. J'imagine que vous conduisez?

– Très bien, mais n'importe laquelle des deux autres voitures me suffira, merci! précisa-t-elle en regardant les deux véhicules moins prétentieux.

– Celle-ci ne vous plaît pas?

– Si, bien sûr.

– Alors, vous la prendrez.

Sandra haussa les épaules, résignée. Ils sortirent de la propriété dans le crissement des chaînes sur le sol glacé. Bientôt, Sandra oublia sa colère et s'émerveilla de la beauté du paysage. Les quelques voitures démunies de chaînes dérapaient laborieusement. Sandra avait bien des questions à poser, mais Eliott ne semblait pas d'humeur à bavarder et elle demeura silencieuse.

Ils s'arrêtèrent devant un long bâtiment de briques entouré d'arbres, à la sortie de la ville. Sur la porte, une plaque signalait: « Brent Haggerman.

Vétérinaire ». Suivaient les heures de consultation. Eliott sortit de la voiture. Sandra fit de même et le suivit prudemment vers l'entrée. Traversant la salle d'attente où patientaient les propriétaires de chiens et de chats, Eliott salua amicalement la réceptionniste et pénétra, sans être annoncé, dans la pièce où Brent était en train d'essuyer une table de métal en vue du prochain client.

– Bonjour! dit-il joyeusement en les voyant entrer. Quel bon vent vous amène à cette heure matinale?

– Il paraît que tu as déjà rencontré Mlle Hawthorne?

– Oui, en effet. Comment allez-vous ce matin, Sandra? Vous êtes éblouissante!

Tout heureuse que quelqu'un soit content de la voir, Sandra lui retourna volontiers son sourire.

– Je vais bien, merci, Brent.

– Sandra voudrait travailler pour toi, Brent. Ça peut s'arranger, n'est-ce pas?

Sandra vit avec inquiétude un bref éclair d'animosité traverser le regard de Brent. Pourquoi?... A moins que ce ne fût un nouveau tour de son imagination... Les paroles hostiles qu'il avait prononcées la veille au sujet d'Eliott lui revinrent à l'esprit. Brent la regarda un instant en silence, puis, se tournant vers Eliott, il annonça d'une voix chaleureuse :

– Je suis certain que ça pourra s'arranger. Tu sais, entre mes heures de consultation, les opérations et les urgences dans les fermes, je suis toujours bousculé. Il y a un jeune homme qui m'aide le lundi et le mercredi, le cabinet est fermé le jeudi matin et le dimanche, mais je suis toujours de garde! Je pourrais employer Sandra le mardi, le vendredi après-midi et le samedi?

– Oh! merci, c'est magnifique! Je vous suis très reconnaissante! s'exclama Sandra qui, dans son enthousiasme, lui tendit spontanément la main.

– Je vous en prie, c'est un plaisir pour moi! répondit Brent en s'inclinant vers elle pour lui saisir la main, sans se soucier du regard noir d'Eliott. Comment ne pas être heureux de rendre service à une jolie femme ? ajouta-t-il en lui serrant la main.

– Bon, tout est arrangé. Moi, j'ai à faire. A bientôt, Brent ! déclara Eliott en quittant la pièce sans autre forme de procès.

– Vendredi ? demanda Sandra. Puis-je commencer ce vendredi ?

– Oui, à 15 h 30. Le cabinet est ouvert jusqu'à 19 h 30 environ.

La tête d'Eliott réapparut dans l'embrasure de la porte :

– Que dirais-tu d'aller au théâtre à Greenboro jeudi soir, Brent ? J'ai des billets pour nous tous. Viens à la maison vers 7 heures.

– J'en serai ravi, répondit Brent sans quitter Sandra des yeux.

Eliott disparut de nouveau.

– Je vous remercie vraiment beaucoup, Brent, murmura Sandra.

– Ce n'est rien. D'ailleurs, comment pourrais-je refuser quoi que ce soit à Eliott ? C'est lui qui m'a aidé à financer cette clinique, ajouta-t-il d'un ton ironique.

Surprise, Sandra lui lança un sourire nerveux avant de suivre Eliott. Voilà donc pourquoi celui-ci avait été si certain qu'elle serait engagée !

Le moteur tournait déjà lorsqu'elle s'installa dans la voiture, et elle résolut de rester silencieuse car il paraissait toujours d'aussi mauvaise humeur. Elle était pourtant très excitée par son nouveau travail et aurait bien aimé en parler.

– Etes-vous toujours aussi familière avec les inconnus ? demanda-t-il soudain.

– Que voulez-vous dire ? demanda-t-elle, découragée, car rien de ce qu'elle faisait ne trouvait grâce aux yeux de cet homme impossible.

– Je pense à la manière dont vous vous êtes emparée de la main de Brent lorsqu'il a dit que vous pouviez travailler chez lui.

– Je ne me suis pas emparée de sa main ! Je... je voulais simplement lui manifester ma joie !

– Je vois. Et à moi, comment me manifesterez-vous votre joie de vivre sous mon toit, vos études payées, et entourée de gens utiles à votre carrière, Sandra? A combien estimez-vous tout cela? Sûrement à plus qu'une poignée de main?

Choquée par ce que ces mots sous-entendaient, Sandra resta muette. La nuit où, étant entré chez elle, il l'avait vue presque nue, lui revint à l'esprit. Ses soupçons étaient-ils fondés? Pensait-il... pouvait-il penser... voulait-il dire qu'elle devrait le laisser...? Vibrante d'indignation, elle regarda obstinément les champs gelés qui défilaient derrière la vitre. Qu'il essaie seulement de poser la main sur elle et elle lui montrerait comment elle comptait le rembourser. Elle lui donnerait plus qu'une poignée de main, ça oui... Quelque chose qu'il n'oublierait jamais!

Elle était tellement en colère qu'elle ne remarqua pas son sourire narquois. Ils prirent une route sinueuse qui les conduisit vers une magnifique maison. La façade était en pierre blanche et le jardin, splendide, était entouré d'une haie de buis, avec d'immenses buissons de houx aux grappes de baies écarlates. De petits bâtiments du même style que la maison principale étaient disséminés dans la propriété, et sur les toits, les glaçons commençaient à fondre au soleil.

– Voici l'école de secrétariat. Je vais vous en faire faire le tour, expliqua Eliott en bondissant de la voiture.

Sandra le suivit rapidement en haut des marches, indignée par son manque d'égards envers elle. Exaspérée, elle cria:

– Si vous voulez me la faire visiter, ayez au moins la politesse de m'attendre!

– Excusez-moi, dit-il en s'arrêtant, les bras croisés, un petit sourire amusé aux lèvres. Vous m'avez tellement répété que vous étiez capable de vous débrouiller en toutes circonstances, que j'étais certain que vous refuseriez toute marque de prévenance de ma part!

Ignorant ces sarcasmes, Sandra rejeta en arrière une mèche de cheveux avant de le rejoindre. Il sortit sa pipe de sa poche et, immobile, la bourra tranquillement. Agacée, Sandra le dépassa et il la suivit des yeux, observant comment elle s'arrêtait devant l'entrée, désemparée, obligée de l'attendre.

Il s'approcha sans un mot et, avec un large sourire, lui ouvrit courtoisement la porte.

Elle entra et s'arrêta près de la réceptionniste.

– Monsieur Montaigne! s'exclama la jeune femme. Je suis contente de vous voir. Je vous croyais à New York en train d'organiser la nouvelle école?

– C'était bien mon intention, Nelly, mais la météo en a décidé autrement et j'ai dû repousser mon voyage.

– Voulez-vous que j'appelle Mlle Calahan?

– Non, j'y vais. Je veux faire faire un tour à cette jeune... personne.

Le sourire de Nelly devint immédiatement très professionnel et elle prit la voix sérieuse et persuasive qui convenait en présence d'un client potentiel.

– Pensez-vous l'inscrire dans notre programme?

Sans laisser à Sandra le temps de répondre, Eliott prit la parole.

– Oh, absolument pas. Mlle Hawthorne ne veut pas devenir une simple secrétaire!

Il la contempla avec un petit sourire ironique et elle frémit d'indignation. Il était vraiment doué pour la mettre mal à l'aise! Nelly les regarda d'un air surpris sans faire de remarque.

– Pouvez-vous me dire où se trouve Mlle Calahan, en ce moment?

– Je crois qu'elle est avec les machines car l'une d'elles était en panne et le réparateur vient d'arriver.

– Merci, Nelly.

– Oh, monsieur Montaigne! appela Nelly comme il partait à grandes enjambées. Ma nièce vient passer le week-end chez moi... Debbi, celle qui a treize ans. Pourrions-nous monter vos chevaux s'il fait assez beau, s'il vous plaît?

– Bien sûr, Nelly, quand vous voudrez. Dites à George que je suis d'accord.

– Merci beaucoup! Vous êtes un ange!

« Un ange »! Comment pouvait-on appeler Eliott un ange? Incroyable! Parmi tous les noms qu'elle aurait pu lui donner, c'était bien le dernier qu'aurait choisi Sandra...

Il fallait bien reconnaître que l'école était très belle, avec une atmosphère extrêmement sympathique. Sandra était fascinée par cette réalisation du rêve de son père. Comme la vie de ses parents aurait été différente s'ils avaient pu rester ici et partager le succès d'Eliott Montaigne! Pourquoi ne l'avaient-ils pas fait?...

Ils entrèrent dans une pièce pleine de jeunes filles. Au fond, Casaundra, vêtue d'une robe de jersey rouge très sophistiquée, était penchée sur une photocopieuse qu'un homme en salopette bleue réparait. Eliott s'approcha sans bruit et posa la main sur l'épaule de Casaundra. Elle sursauta et leva vers lui ses grands yeux violets.

– Eliott! Je te croyais à New York? Je suis ravie de te voir, bien sûr, mais pourquoi es-tu là? Tu vas bien? demanda-t-elle en lui posant une main soignée sur le bras.

– Oui, très bien. Il y avait une tempête de neige à New York et les vols ont été annulés.

Il la rassura d'un bon sourire, et Sandra, constatant qu'il tenait à la belle Casaundra, se sentit vaguement jalouse. Eliott ne lui avait jamais souri ainsi. D'ailleurs, il ne lui souriait jamais, sauf quand il se moquait d'elle.

– Viens dans mon bureau, dit Casaundra. J'ai fini ici. Le réparateur n'a plus besoin de moi. Si seulement j'étais douée pour la mécanique, minauda-t-elle, nous économiserions beaucoup d'argent. Ces machines sont si simples dès qu'on voit ce qui ne va pas! ajouta-t-elle avec un battement de ses cils charbonneux.

Tant de coquetterie choquait Sandra. De plus, Casaundra n'était plus du tout la femme hautaine et sûre d'elle de la veille... Et le plus surprenant était de constater qu'Eliott mordait à l'appât...

— Tu en fais déjà plus qu'assez, dit-il. Je ne sais pas ce que je deviendrais sans toi, ici.

— Que c'est gentil de me le dire, chef! roucoula Casaundra, visiblement enchantée.

Sandra réprima une folle envie d'imiter la voix sirupeuse de Casaundra et elle les suivit sagement dans un bureau élégant. Là, elle s'assit près d'Eliott sur un canapé de velours grenat et Casaundra leur servit du café. La pièce était à son image, reflétant à la fois l'efficacité et la féminité. Des tableaux étaient accrochés aux murs et au-dessus de son bureau, sur lequel trônait une photo d'Eliott et d'elle-même, souriant gaiement.

— Comment allez-vous aujourd'hui, Sandra? demanda-t-elle, comme si elle s'apercevait enfin de la présence de la jeune fille. Nous avons fait connaissance hier, toutes les deux, tu sais, Eliott.

De nouveau, Sandra n'eut pas le temps de répondre : Eliott lui coupa la parole.

— C'est ce que j'ai appris! J'avais cru que Sandra attendrait que nous ayons discuté de son avenir avant de se précipiter pour faire un tas de bêtises, dit-il d'une voix redevenue sévère, ses yeux sombres fixés sur elle.

Casaundra prit l'air vaguement malheureux d'une enfant injustement soupçonnée.

— Des bêtises? demanda-t-elle, le ronronnement de sa voix redémarrant comme un moteur bien huilé.

— Tu l'as emmenée à la fourrière. Je t'avais pourtant dit que j'avais d'autres projets pour elle! C'était idiot de sa part de chercher du travail dès le lendemain de son arrivée. Et comme si cela ne suffisait pas, cet affreux animal qu'elle a ramené a cassé mon jeu d'échecs en verre soufflé!

— Oh, non! Eliott, j'espère que tu ne m'en veux pas? (Se tournant vers Sandra, elle lui intima du regard l'ordre de se taire.) Sandra avait tellement envie d'y aller que je n'ai pas pu le lui refuser... Si j'avais su que vous n'aviez encore parlé de rien, je ne l'aurais pas fait! Et elle a insisté pour emmener ce malheureux chaton. De quel droit aurais-je dit à ton invitée ce qu'elle peut faire ou non?

Sandra en resta muette d'étonnement. Elle chercha une réponse appropriée. Rien ne s'était passé comme le prétendait Casaundra, même si c'était bien elle, Sandra, qui avait pris la décision de rapporter le chat à Willowstone et qui, au départ, avait exprimé l'envie de voir la fourrière.

— Je suis entièrement responsable de mes actes, dit-elle enfin d'une voix blanche.

— Je connais déjà le caractère obstiné de Sandra, répondit calmement Eliott en retrouvant son sourire pour s'adresser à Casaundra. Je sais qu'elle n'a aucune maîtrise d'elle-même. Bien entendu, tu n'y es pour rien, Casaundra!

Sandra but péniblement son café en songeant que tout cela était trop bête, trop horrible et injuste pour qu'elle lutte. Mieux valait se taire devant tant de mauvaise foi. Cette femme l'avait manipulée exactement comme, de toute évidence, elle manipulait Eliott. Elle savait parfaitement, la veille, qu'il serait furieux de la voir travailler à la fourrière ou ramener un chat à la maison, et elle l'avait délibérément poussée vers ces actes. Sandra se promit de se méfier désormais de cette dangereuse créature.

Après avoir quitté l'école, Eliott et Sandra n'échangèrent pas un mot. Elle se sentait incapable de lui dire ce qu'elle avait sur le cœur et, d'ailleurs, il paraissait de mauvaise humeur. Au bout d'un moment, cependant, il rompit le silence.

— Si nous allions déjeuner?

Comme elle le dévisageait, stupéfaite qu'il puisse se montrer aimable, il lui fit un sourire bref et émouvant.

— Vous n'avez pas pris de petit déjeuner, poursuivit-il, et je connais un petit restaurant italien où l'on sert les meilleurs « manicotti » de Virginie. Aimez-vous la cuisine italienne?

— Oui, répondit poliment Sandra.

Elle adorait la cuisine italienne et en particulier

les « manicotti », mais elle se méfiait de la subite gentillesse d'Eliott.

– Alors, vous ne serez pas déçue. Les propriétaires sont arrivés il n'y a que deux ans et leur cuisine est authentique.

Quelques minutes plus tard, ils s'arrêtaient devant le restaurant. Sandra ouvrit sa portière et attendit en voyant qu'Eliott contournait la voiture pour l'aider à en descendre.

Le restaurant était charmant avec ses petites tables rustiques couvertes de toile cirée rouge et ses chaises à hauts dossiers. Sur les murs, des peintures naïves représentaient des gondoles sur les canaux de Venise et les ruines de la Rome antique.

Mais Sandra n'avait pas fini de s'étonner. Eliott lui avança une chaise avec un sourire qui la fit chavirer, et il se mit à discuter du menu avec elle. Ils se décidèrent pour des hors-d'œuvre, des « manicotti » et une carafe de vin rouge.

Pendant qu'il passait la commande, elle lui jeta un coup d'œil discret. Se trouver ainsi face à ce bel homme plein d'assurance, lui donnait des pensées tout à fait folles. Elle pouvait comprendre ce que Casaundra voyait en lui. Il savait se montrer si incroyablement charmant quand il le voulait... Elle rougit en se rendant compte qu'il devinait ses pensées.

– Alors, Sandra, la ville a-t-elle beaucoup changé? demanda-t-il enfin. Ou bien est-elle restée comme vous vous la rappeliez?

– En fait, je ne m'en souviens presque pas. Il y a si longtemps que je l'ai quittée... et à cette époque, la ville elle-même ne m'intéressait pas beaucoup.

– Pensez-vous maintenant que vous pourriez y vivre? s'enquit-il d'une voix si douce qu'elle se demanda ce qui lui arrivait.

Pourquoi son cœur battait-il soudain aussi vite? Elle ne comprenait pas les étranges émotions provoquées en elle par cette simple question.

– Je ne sais pas, je n'y ai pas vraiment pensé...

– Alors, réfléchissez-y.

Cette suggestion troubla Sandra qui regretta que

le serveur les interrompe en apportant le vin. Eliott remplit leurs verres et la conversation devint moins personnelle. Ils mangèrent lentement, comme s'ils avaient tous deux envie de s'attarder là et de partager leur premier moment de bonne entente mais, à la déception de Sandra, ils ne reparlèrent pas de son avenir à Danville.

Le repas s'acheva beaucoup trop vite à son gré, et ils se retrouvèrent dans la voiture, en route pour Willowstone. En entrant dans la propriété, Eliott demanda :

— Montez-vous à cheval?

— Un peu, répondit-elle rapidement. Combien de chevaux avez-vous? Je les ai entendus hennir.

— Trois belles juments baies et un étalon noir, des barbes espagnols... Nous nous lèverons tôt un matin, et je vous montrerai la propriété.

Il lui sourit de nouveau et elle s'en voulut de se sentir si émue. Que se passait-il? Croyait-elle donc que, parce qu'il condescendait à être aimable pour une petite heure, la situation était changée? Non! Mais alors, pourquoi son cœur battait-il si follement? Sa raison lui disait de mépriser cet homme capable de se montrer alternativement trop gentil ou cruel et despotique... Pourquoi Sandra avait-elle envie d'envoyer promener sa raison?

5

Jusqu'au jeudi suivant, la vie quotidienne s'écoula sans nouveaux heurts, mais Sandra ne réussit pas à trouver le moment propice pour parler de son père et plus le temps passait, plus cela lui paraissait difficile. La pensée du classeur dans le bureau d'Eliott ne quittait pas son esprit.

Le jeudi matin, en descendant déjeuner, elle remarqua que la porte de l'appartement du maître de maison était ouverte. Retenant son souffle, elle risqua un coup d'œil. Personne... A cette heure tardive, Eliott avait généralement quitté la maison. Dévorée de curiosité, elle pénétra dans la pièce, puis y renonça. Elle voulait être bien sûre qu'il était réellement parti.

Elle se hâta de descendre et trouva la salle à manger vide.

– Où est Eliott? demanda-t-elle à Letti lorsque celle-ci lui servit du café, des œufs et des toasts.

– Il a pris son petit déjeuner.

– Ah, bon!

Le champ était libre! Elle grignota du bout des dents, puis se leva. Elle devait savoir...

Elle monta l'escalier quatre à quatre de peur de perdre courage en route, entra dans la pièce et referma la porte. Son cœur battait follement, mais elle se dirigea d'un pas décidé vers le classeur et tira le premier tiroir. Rien, à part des documents actuels. Elle vérifia le contenu du second, puis du troisième, car elle constatait que les dossiers étaient de plus en plus anciens.

– Zut! murmura-t-elle enfin, dépitée.

Il y avait énormément de documents dans chaque tiroir, mais pas ce qu'elle avait espéré trouver. Mais juste au moment où elle s'apprêtait à renoncer, elle tomba sur l'année qui l'intéressait. Dans le tiroir inférieur, elle trouva le nom de son père auprès de celui d'Eliott. Se baissant, elle feuilleta les vieux papiers d'une main tremblante. A sa grande déception, elle ne trouva rien qui expliquât la rupture de leur association.

– Zut! répéta-t-elle.

Elle avait couru un gros risque pour rien. Elle était en train de ranger les documents lorsqu'elle sentit une présence dans l'appartement. Probablement Letti... Elle resta accroupie, immobile, n'osant respirer. Un bruit de pas provenant de la porte de la salle de bains d'Eliott lui fit tourner la tête. C'était lui, Eliott... Il n'était pas encore parti!

D'abord elle ne vit que des chaussures noires. Involontairement, ses yeux remontèrent le long des jambes musclées, des hanches minces et de la large poitrine à la toison foncée, pour arriver à un visage déformé par la colère et à deux yeux froids qui la toisaient.

– Puis-je savoir ce que vous faites ici?

Sandra eut envie de s'enfuir. Elle laissa tomber le dossier qu'elle tenait encore, mais Eliott se baissa, lui saisit les poignets comme dans un étau d'acier et la força à se mettre debout. Elle redressa sa petite taille et lui fit face.

– Je cherche des informations au sujet de mon père!

– Avez-vous trouvé ce que vous souhaitiez?

Elle ne put soutenir son regard pénétrant qu'un bref instant et baissa les yeux. La bouche sèche, elle déglutit nerveusement, troublée par la proximité de cet homme qui lui brouillait les idées.

– Sandra, avez-vous trouvé ce que vous cherchiez? répéta-t-il d'un ton menaçant.

– N... non!

Affolée, prisonnière, elle fut bien obligée d'affronter de nouveau son regard. Brusquement, il l'attira à lui et elle se retrouva plaquée contre cette poitrine nue. Un vertige la saisit. Et subitement, elle se souvint de leur premier baiser. Elle ne voulait pas réagir comme alors et, se débattant, elle lui martela la poitrine de ses poings. En vain. Il la serrait impitoyablement contre son corps musclé. Malgré elle, Sandra se mit sur la pointe des pieds pour mieux répondre à son étreinte, et ses bras se nouèrent autour de la nuque d'Eliott.

Celui-ci lui fit pencher la tête en arrière et plongea son regard dans le sien avant de s'emparer de ses lèvres en un baiser impérieux. Bientôt, sa bouche se fit plus douce, presque tendre et, toute volonté anéantie, Sandra y répondit avec fougue. Le contact de la peau nue du dos d'Eliott sous ses doigts l'embrasait. Elle défaillait d'un désir profond, jusque-là inconnu. Elle aurait voulu se fondre en lui lorsque, brutalement, il la repoussa, ordonnant d'une voix rauque et haletante :

– Sortez d'ici avant d'en découvrir plus que vous n'en voudriez!

Hébétée, Sandra le fixa un long moment, brûlante, le cœur battant, hors d'haleine. Puis elle s'enfuit, rapide comme une flèche.

Elle passa par sa chambre, saisit son sac à main et se précipita dehors. Elle ne s'arrêta de courir qu'en atteignant la voiture. S'y sentant un peu à l'abri, elle attendit que sa respiration se calme. Elle méprisait Eliott Montaigne... mais pourquoi réagissait-elle ainsi lorsqu'elle était près de lui? Alors, elle ne pouvait plus se maîtriser ni penser clairement.

Elle mit le moteur en marche et conduisit aveuglément, indifférente à sa destination, pourvu qu'elle s'éloigne d'Eliott. En passant devant la bibliothèque de Danville, elle décida d'aller y étudier l'histoire de la ville.

Bientôt passionnée par le passé de la Virginie, elle oublia totalement Eliott. Elle découvrit que cet Etat était la première des colonies anglaises établies sur ce continent. Si quelques colons avaient survécu au premier hiver, ce n'avait été qu'avec l'aide des Indiens. Ceux-ci cultivaient déjà le tabac, et ç'avait été grâce à l'exportation de cette plante que les premiers colons avaient pu assurer leur existence. Le tabac était devenu le fondement de toute la structure économique de la Virginie, et pour exploiter les plantations, on avait eu recours à des esclaves. Les propriétaires s'étaient enrichis. Ils avaient fait construire ces élégants manoirs pour lesquels la région était réputée. Pourtant, l'esclavage avait aussi été à l'origine du déclin de l'aimable mode de vie virginien.

A contrecœur, Sandra quitta la bibliothèque afin d'être à l'heure à la maison pour le dîner. Elle redoutait de se retrouver en face d'Eliott, mais elle ne pouvait pas l'éviter. En outre, elle se réjouissait même plus d'aller au théâtre depuis qu'elle avait appris que non seulement Brent les y accompagnerait, mais aussi Casaundra.

Pendant le dîner, Sandra réussit à supporter la froideur distante d'Eliott. Ensuite, elle monta se préparer et entendit sonner à la porte alors qu'elle sortait de son bain. Il était à peine 6 heures et elle croyait que les invités ne devaient arriver qu'à

7 heures. Elle avait compté avoir une heure pour se faire une beauté. Enveloppée dans un drap de bain, elle entrebâilla sa porte pour écouter. C'étaient bien les voix de Brent et de Casaundra... Ils avaient dû arriver ensemble. Et elle n'était même pas encore habillée!

Inquiète à la pensée de l'élégance de Casaundra, elle se décida pour un fourreau de velours bleu pastel avec des chaussures assorties. Elle avait acheté cet ensemble pour une soirée au collège et ne l'avait jamais remis depuis la maladie de sa mère. Elle enfila des sous-vêtements en dentelle de nylon et se regarda avec consternation. Elle aurait aimé se préparer tranquillement, et voilà qu'elle n'en avait plus le temps.

Elle releva savamment ses cheveux blonds sur le sommet de sa tête, laissant quelques mèches lui encadrer gracieusement le visage afin de se donner un air plus sophistiqué. Elle souligna le bleu de ses yeux de mascara noir sur les cils, dissimula ses taches de rousseur sous un nuage de poudre et colora ses lèvres d'un rose vif très gai.

Elle ne se souvenait plus que cette robe moulante lui allait si bien. Son corps avait-il changé? Ses rondeurs s'étaient-elles épanouies? Le pudique décolleté en pointe ne révélait que la tendre naissance des seins. Et la couleur du velours était si parfaitement assortie à celle de ses yeux, qu'elle les rendait aussi brillants que des diamants. Elle enfila les petits escarpins à talons aiguilles et sourit à la ravissante femme du monde qu'elle découvrit dans le miroir. Malgré le manque de temps, le résultat était très satisfaisant. Elle sortit de sa chambre et descendit l'escalier.

Les jambes tremblantes, elle entra dans le salon où Eliott, Brent et Casaundra sirotaient des cocktails devant le feu. Ils se turent brusquement lorsqu'elle apparut et la contemplèrent, fascinés.

— Bonsoir! dit-elle avec une gaieté un peu forcée.

— Bonsoir, merveilleuse créature! s'écria Brent après un petit sifflement admiratif.

– Sandra! souffla Casaundra, les yeux étincelant de jalousie, plus dangereuse que jamais devant cette possible rivale.

Et justement, Sandra était en train de se rendre compte que c'était Eliott qu'elle avait voulu impressionner par son apparence. Celui-ci, accoudé à la cheminée, le visage fermé, n'avait encore rien dit, bien que son regard l'ait parcourue en connaisseur. Vêtu d'un pantalon marron et d'une veste plus sombre, il était plus séduisant que jamais. Après un moment de silence, il proposa :

– Voulez-vous boire quelque chose?

– Oui... merci! murmura-t-elle, sans oser avouer qu'elle n'avait jamais bu d'alcool fort de sa vie.

– Que désirez-vous?

Pendant que Sandra réfléchissait désespérément car rien ne lui venait à l'esprit, Brent suggéra en souriant :

– Un verre de sherry, peut-être? Je m'en occupe, Eliott!

Sandra jeta un regard triomphant à Eliott et vit qu'il la regardait d'un air moqueur, ses yeux allant de la pointe de son chignon à ses hauts talons, s'attardant sur sa poitrine et ses hanches... Elle prenait le verre que lui tendait Brent lorsqu'elle vit passer une boule de fourrure, rapide comme l'éclair. Asphalte s'était glissé dans la pièce. Elle avait dû mal refermer la porte de sa chambre. Elle devait s'attendre à affronter la colère d'Eliott. Depuis le jour fatal où il avait cassé le jeu d'échecs, Asphalte avait vécu dans sa chambre et dans le jardin. Tout le monde avait vu le chat. Brent l'appela :

– Pssttt..., viens ici, minet, minet!

Terrifiée, Sandra n'osait regarder Eliott. Le chat observait Brent avec la plus grande attention, et au moment où celui-ci tendit la main pour l'attraper, il fila comme une flèche. Sandra ferma les yeux pour ne pas voir le désastre qui allait immanquablement suivre. C'est alors que des griffes acérées s'accrochèrent à ses chevilles, déchirant sans pitié les mailles de son collant très fin.

A nouveau, Brent accourut à son secours.

– Quel petit animal affectueux ! C'est un plaisir de le voir si vif et plein d'entrain après ce qu'il a vécu... Donnez-moi votre verre pendant que vous lui faites lâcher prise !

Sandra eut un faible sourire qui ne cachait pas sa nervosité.

– Merci, je vais le mettre dans ma chambre et réparer les dégâts...

– C'est ça, mais laissez-nous ce petit diable, déclara Eliott. Finalement, il est très amusant...

Sandra lui jeta un regard noir, dégagea les griffes du chat et le posa par terre avant de quitter la pièce. En traversant le hall, elle entendit le rire de Casaundra. Un rire qui se transforma subitement en une suite de petits cris aigus. Rebroussant chemin, Sandra découvrit Casaundra dans tous ses états. Le chat avait grimpé le long de sa robe jusqu'au dossier de son fauteuil, renversant au passage son verre d'apéritif sur la belle robe couleur pêche... Retenant le fou rire qui la gagnait, elle se hâta de fuir le salon plein des hurlements de colère de Casaundra et des éclats de rage d'Eliott que Letti s'efforçait vainement de calmer.

– Sandra ! Sandra ! Venez chercher cette horreur de chat ! hurlait-il.

Elle fit semblant de ne pas entendre. N'était-ce pas lui qui avait ordonné de laisser « ce petit diable » au salon ? Dans sa chambre, elle s'assit un instant sur le lit, essayant de retrouver son calme. Il allait lui falloir beaucoup de courage pour retourner au salon.

Soudain, elle entendit des pas lourds qui montaient l'escalier.

– Sandra !

Tremblante de peur, elle se leva rapidement et commença à enlever son collant. La porte s'ouvrit à toute volée.

– Vous n'avez toujours pas appris à attendre qu'on vous le permette avant d'entrer chez une femme ! lança-t-elle en laissant retomber sa robe sur ses jambes.

Elle avait naïvement cru qu'il n'entrerait pas puisqu'il savait qu'elle se changeait. Elle aurait dû être plus méfiante.

— Savez-vous quel est le dernier exploit de votre sacré chat?

— Eh bien, il a... déchiré mon collant...

— Depuis, il a lacéré de ses griffes la robe de Casaundra et renversé le verre qu'elle tenait à la main!

— Non? s'étonna-t-elle hypocritement. Alors, ce petit diable n'est plus si amusant que ça, tout d'un coup?

— Je vous en prie, Sandra. Cet humour est déplacé. La robe de Casaundra est perdue.

Refusant de se laisser intimider, Sandra le dévisagea. Après tout, c'était lui qui l'avait empêchée de remonter Asphalte dans sa chambre.

— Mettez-la sur la facture avec l'échiquier et laissez-moi me changer.

Il la prit brutalement par l'épaule.

— Je devrais vous obliger à lui faire immédiatement des excuses!

— Vous n'oseriez pas!

— Ne m'y poussez pas! gronda-t-il en l'attirant si brusquement qu'elle tomba contre lui.

Elle le regarda, ne sachant ce qu'il voulait. Ses yeux sombres brillaient et elle crut qu'il allait l'embrasser, mais il la secoua comme si elle n'était qu'une poupée de chiffon, puis il la repoussa.

— Je ne veux plus vous voir! cria-t-il.

Atterrée, elle resta immobile, sentant encore la pression des doigts d'Eliott dans sa chair.

— Que voulez-vous de moi? Pourquoi m'avez-vous fait venir ici? Ne vous suffisait-il pas d'avoir brisé mon père? Essayez-vous d'en faire autant avec moi?

Il claqua la porte derrière lui et Sandra se retrouva seule et désolée jusqu'à ce que Letti arrive, portant le chaton qui se débattait.

— Dépêchez-vous, mon petit. La pièce commence à 8 heures, Greenboro est à environ une heure de route et il faudra vous arrêter chez Mlle Calahan pour qu'elle change de robe...

Sandra lui jeta un regard pathétique. Pourquoi ne partaient-ils pas sans elle? Cette soirée avait si mal commencé! Ah, elle avait son compte de théâtre, ce soir. Elle avait l'impression d'avoir déjà participé à une tragi-comédie où on l'avait chargée du rôle principal.

Le lendemain matin, lorsque les premières lueurs de l'aube éclairèrent sa chambre, Sandra se dit que si elle avait survécu à la soirée précédente, c'était bien grâce à Brent qui s'était montré plein de prévenances et de considération pour elle. Quant à Casaundra, elle avait tout fait pour convaincre Sandra que les deux hommes lui appartenaient exclusivement.

Occupé à déployer ses charmes pour sa belle amie, Eliott ne s'était pas beaucoup soucié de Sandra, et pourtant il n'avait pas eu l'air d'approuver les attentions de Brent envers elle. Aussi, pour éviter d'avoir à l'affronter, elle avait bien envie de faire la grasse matinée.

Tout son optimisme lui revint lorsqu'elle se souvint qu'elle commençait aujourd'hui à travailler avec Brent. Elle se demanda ce qu'elle porterait et se décida pour un pantalon de tweed, pas trop salissant. Chassant ses idées noires, elle bondit de son lit, prit un bain et s'habilla.

Le soleil levant teintait la nuit d'hiver de rose et de bleu lorsque Sandra descendit prendre son petit déjeuner. Un délicieux arôme de café lui fit savoir que Letti était debout et elle entra joyeusement dans la salle à manger.

— Eh bien, mademoiselle Hawthorne, qu'est-ce qui vous a fait tomber du lit à une heure si matinale? demanda Eliott qu'elle ne s'attendait pas à trouver là.

— Le petit déjeuner, monsieur Montaigne. Mais je ne veux pas vous déranger... Je sais que vous adorez la solitude. A moins que... bien peu de personnes ne sachent apprécier votre compagnie?

Et voilà. Elle avait recommencé... Elle se mordit la lèvre. Elle n'avait pas vraiment voulu l'insulter et maintenant, c'était trop tard. Elle lui lança un regard contrit et attendit la réponse cinglante qu'elle méritait. Mais le visage d'Eliott s'éclaira d'un sourire.

— Oh, Sandra! Je ne me souviens pas d'avoir jamais déjeuné en si plaisante compagnie! Vous ne me dérangez pas du tout. Heureusement que vous n'êtes pas comme les serpents, et que vous sifflez avant de piquer!

Elle s'était bien attendue à un commentaire déplaisant, mais celui-ci la vexa particulièrement.

— Je vais dire à Letti que je suis là, lança-t-elle en quittant précipitamment la pièce.

A la cuisine, elle s'appuya contre le mur, les yeux fermés, les jambes tremblantes.

— Mon Dieu, ma petite... que se passe-t-il?

— Rien, Letti, je... je ne suis pas bien réveillée. Il est encore tôt pour moi!

— En effet, pourquoi vous êtes-vous levée de si bonne heure?

— Je ne pouvais pas dormir. Peut-être est-ce l'excitation du théâtre, hier soir?

— Hum... l'excitation du théâtre... Pauvre petite fille, vous aviez plutôt l'air d'un bouton de magnolia tombé sur un rosier plein d'épines! Eliott était furieux contre vous. J'aurais préféré lâcher un petit lapin au milieu d'un tas de serpents que de vous voir partir avec ces trois-là!

La métaphore fit sursauter Sandra. Elle détestait les reptiles et voilà qu'on venait d'évoquer les serpents devant elle deux fois en trois minutes. Et puis, Letti dramatisait un peu. Est-ce qu'Eliott n'était pas presque tout le temps en colère?

— Mais, Letti, j'ai passé une très bonne soirée! Casaundra, Eliott et Brent ont été charmants. Je ne suis pas une gamine, vous savez!

— Et moi je ne suis pas un petit poussin qui gobe tout ce qu'on lui raconte. Que prendrez-vous?

– Seulement des toasts et un verre de jus de fruits. Merci.

– Ce n'est pas un petit déjeuner convenable, ça! Je vous prépare des œufs au bacon!

– Bon, d'accord, soupira Sandra en songeant qu'en effet cela lui donnerait des forces pour résister à Eliott.

Pendant ce temps, celui-ci avait terminé de déjeuner, allumé sa pipe et commencé à lire le journal. Elle allait donc pouvoir manger en paix... Mais non. Sans poser le journal ni la regarder, il retira sa pipe de sa bouche et, dans un nuage de fumée bleue, demanda:

– Où sont vos bottes de cow-boy, Sandra?

– Pourquoi, vous voulez que je vous les prête?

Elle n'avait pas oublié ses remarques désagréables au sujet de ses vêtements, le soir de son arrivée.

– Vous êtes vraiment soupe au lait! dit-il gentiment en posant son journal. J'avais simplement pensé que nous pourrions seller Brownie et Stranger et faire le tour de la propriété.

– Oh, c'est vrai? s'enthousiasma-t-elle.

– Si vous êtes certaine de savoir vous tenir sur un vrai cheval!

– Bien sûr. J'ai fait des balades à cheval en Californie.

– Bon. Eh bien, nous allons voir ça. Vous avez probablement l'habitude de vieux canassons bien calmes. Ici, à Willowstone, nous n'avons que des pur-sang vifs et nerveux...

Elle ne répondit pas car Letti entrait avec son assiette. D'ailleurs, c'étaient bien de bon vieux canassons qu'elle avait montés jusqu'ici. Elle avait même souvent pensé que les pauvres bêtes avaient dû connaître des jours meilleurs. Elle planta sauvagement sa fourchette dans les œufs au bacon, se disant qu'elle méprisait suffisamment Eliott pour lui faire subir le même sort!

Ayant enfilé ses bottes, Sandra suivit Eliott en

direction de la maison de George Willis. Malgré leurs disputes, elle se faisait une joie de cette chevauchée. Eliott frappa à la porte de George et le petit homme apparut immédiatement, en pantoufles et robe de chambre rouge foncé.

– Oui, monsieur Montaigne? demanda-t-il, visiblement gêné d'être surpris dans cette tenue.

– Pouvez-vous nous seller Stranger et Brownie, s'il vous plaît?

– Tout de suite. J'ignorais que vous alliez monter ce matin.

– Nous aussi, rassurez-vous...

Sa gentillesse envers son employé surprit Sandra. Pendant que George s'habillait, ils s'approchèrent des palissades blanches du corral. Eliott siffla et les chevaux arrivèrent au galop, l'étalon noir en tête, son haleine chaude faisant un nuage blanc devant ses naseaux. Il s'arrêta près de son maître.

– Comment vas-tu, mon vieux Stranger? lui dit affectueusement Eliott en caressant l'encolure de l'animal. N'est-il pas magnifique?

– Oui... Oh! oui... répondit Sandra qui observait avec le plus grand intérêt l'expression de tendresse inusitée qui réchauffait son visage viril. De quelle race m'avez-vous dit qu'il était?

– Un barbe espagnol.

– Je ne les connais pas.

– Beaucoup de gens sont dans votre cas. C'est pourtant une race très ancienne, ramenée de Perse par les Maures lorsqu'ils se sont installés en Espagne. Ensuite, les Indiens d'Amérique les ont adoptés, mais des croisements trop répétés ont pratiquement entraîné l'extinction de la race. Heureusement qu'il reste encore quelques amateurs pour les apprécier. Ils sont intelligents et on peut compter sur eux. Mais ils ont une particularité. Ils ne se mêlent pas aux autres chevaux... Et cela me plaît, un cheval qui préfère sa propre compagnie! conclut-il en riant.

« Bien sûr! pensa Sandra. Ils sont comme lui, sauvages, hautains, indépendants et à peine civilisés! »

Stranger fut rapidement sellé, mais il fallut attirer Brownie, la jument baie, au moyen d'un seau d'avoine car elle n'avait aucune envie d'abandonner les pousses d'herbe qu'elle était en train de dégager de la terre durcie avec son sabot.

Eliott enfourcha sa monture d'un bond souple. Sandra, qui avait l'habitude qu'on lui tienne les rênes, se débattit pour se mettre en selle sans les lâcher. Lorsqu'elle vit qu'Eliott l'observait, elle devint cramoisie. Finalement, George l'aida. Puis, sentant qu'elle était montée par un cavalier inexpérimenté, Brownie se mit à caracoler. Brusquement, elle plongea en avant et Sandra faillit être désarçonnée. Riant de bon cœur, Eliott la rattrapa rapidement et fit arrêter les chevaux.

— Ça, mademoiselle Hawthorne, c'est un vrai cheval!

Si Sandra n'avait pas été si haut perchée, elle aurait filé aussitôt. Mais il n'en était pas question. Ah, elle était bien entourée, entre cet homme et ces chevaux, tous aussi sauvages!

— M'autorisez-vous à vous montrer comment on conserve une bonne assiette sur sa selle, Sandra?

— Je sais monter à cheval. Vous avez fait exprès de choisir cet animal ombrageux pour moi. Je n'ai fait aucune faute!

— Ma chère, vous m'accusez à tort. Vous avez enfoncé la pointe de vos bottes dans les flancs de Brownie et elle n'en a pas l'habitude. Ces chevaux sont faciles à manier, mais il faut le faire avec délicatesse. Alors, acceptez-vous quelques conseils?

— Oui, monsieur Montaigne, bien sûr. Montrez-moi tout ce que vous voulez. M'auriez-vous invitée à monter ce matin pour créer une nouvelle occasion de m'humilier?

— Bien sûr que non! Vous m'avez dit que vous saviez monter!

Elle lui jeta un regard froid, mais ne protesta pas lorsque, ayant sauté à bas de sa monture, il vint près d'elle. De manière inattendue, il tendit les bras et, la saisissant par la taille, l'enleva de sa selle.

Il mit longtemps à la poser à terre et, de nouveau, elle se sentit envahie par ce trouble étrange. Un flot d'émotions contradictoires l'assaillait. Elle détestait Eliott, et pourtant son corps réclamait le contact du sien. Ses lèvres tremblaient dans l'attente d'un baiser et elle craignait qu'il ne s'aperçoive du désir qui l'enflammait dès qu'il la frôlait.

Enfin, ses pieds touchèrent le sol, anéantissant tout espoir d'être embrassée. Eliott la lâcha, tourna la tête délibérément et commença à lui expliquer comment monter correctement. Tout en lui obéissant, Sandra ne pensait plus qu'à l'émoi ressenti dans ses bras. Et elle s'en voulait.

Ils quittèrent le corral et suivirent un sentier qui serpentait entre des collines boisées. Des pins blancs, des cèdres du Liban, des cyprès et des magnolias contrastaient par leur verdure avec d'énormes chênes et des érables dénudés. Les feuilles mortes bruissaient doucement sous les sabots des chevaux et, parfois, une branche qui se cassait mettait en fuite de petits rongeurs. Plusieurs daims bruns se sauvèrent à leur approche et Sandra, émerveillée, retint son souffle devant leur fantastique agilité et leur grâce.

Bien qu'elle soit absorbée par le spectacle enchanteur qu'elle découvrait, elle n'arrivait toujours pas à oublier la réaction de son corps au contact de celui d'Eliott et, si elle fermait les yeux une seconde, elle sentait encore la chaleur de ses mains autour de sa taille.

Eliott lui signalait, de temps en temps, la beauté d'un oiseau ou un terrier... A un moment, il aperçut un renard, mais Sandra ne pût le voir. Lorsqu'ils atteignirent une grande prairie, il lui dit :

— Suivez tranquillement le sentier, Sandra. Moi, je vais faire prendre un peu d'exercice à Stranger. A tout à l'heure.

— Je ne peux pas venir avec vous? Je me suis habituée à Brownie et elle a besoin d'exercice, elle aussi...

— Non, vous ne montez pas encore assez bien,

répliqua-t-il en talonnant Stranger qui partit au galop.

Pensait-il réellement qu'elle ne savait rien faire de bon? Elle s'était toujours considérée comme une bonne cavalière et était certaine de pouvoir maîtriser Brownie. Afin de ne pas mettre Eliott en colère, elle attendit qu'il se fut éloigné pour lâcher la bride à sa monture.

Immédiatement, la jument partit comme une flèche à la poursuite de Stranger. Cramponnée aux rênes, Sandra serra les genoux de toutes ses forces en faisant bien attention de ne pas toucher de trop près les flancs du cheval qui allait bien assez vite comme ça...

– Ho! Ho! Brownie! Brownie! Ho... arrête-toi! cria-t-elle en tirant désespérément sur les rênes.

Mais Brownie continuait sa course folle entre les arbres.

– Ho! Brownie! répéta Sandra qui sentait les larmes lui monter aux yeux.

Décidément, on n'échappe pas à son destin... Il était écrit qu'elle serait la victime de Brownie ou d'Eliott. Ses cheveux lui balayant le visage, Sandra n'était certaine que d'une chose : elle devait arrêter ce cheval.

De toutes les forces qui lui restaient, elle tira encore sur les rênes et, miraculeusement, Brownie s'arrêta enfin. Sandra resta immobile, tremblante, pleine de gratitude envers la jument. Peut-être Eliott avait-il raison lorsqu'il parlait de son caractère obstiné? Elle avait failli se tuer sur ce sacré cheval.

Peu à peu, sa respiration se calma. Voyant au loin les silhouettes de Stranger et d'Eliott, elle remercia le ciel de s'en être sortie seule et remit Brownie au pas.

Lorsque Stranger les rejoignit en soufflant, Eliott regarda la jeune fille et remarqua :

– Eh bien, cette sortie vous aura fait du bien! Vos joues ont pris des couleurs...

– Oui! répondit-elle simplement en songeant que

son corps tout entier aurait pris des couleurs si elle n'avait pas réussi à arrêter sa monture.

Le tour de la propriété terminé, ils arrivèrent en vue des écuries. Sandra était triste que cette merveilleuse chevauchée soit finie, malgré sa petite mésaventure. Elle s'apprêtait à remercier Eliott quelles que soient les remarques désobligeantes qu'il ferait lorsqu'elle mettrait pied à terre, mais, hélas, le destin en décida autrement. La Cadillac dorée était garée sous les magnolias et Casaundra était nonchalamment accoudée à la palissade du corral.

– Oh, Eliott! Tu sais que j'adore faire du cheval. Pourquoi ne m'as-tu pas appelée pour que je me joigne à vous? demanda-t-elle, les lèvres tremblantes comme un enfant qu'on aurait privé de sucreries.

– Bonjour, Casaundra! lança joyeusement Eliott. Je regrette, j'ai oublié que c'était ta matinée de congé. D'ailleurs, nous ne savions pas nous-mêmes que nous allions monter ce matin. J'ai brusquement décidé de faire faire le tour de la propriété à Sandra.

– J'ignorais qu'elle savait monter.

– Elle ne sait pas! dit-il avec un petit sourire qui exaspéra Sandra. (Sautant à terre, il attacha Stranger à un poteau.) Vous venez, Sandra? Vous n'allez pas rester là-haut jusqu'à demain?

Confuse, Sandra se rendit compte qu'elle attendait qu'il l'aide comme il l'avait fait plus tôt. Elle avait encore oublié qu'il avait des manières exécrables. Elle voulut mettre pied à terre trop rapidement et faillit tomber lorsque sa botte resta coincée dans l'étrier.

– Zut, murmura-t-elle.

– En effet, elle ne sait pas monter! triompha Casaundra.

S'approchant, Eliott aida Sandra à dégager son pied et il lui tint le portail ouvert. Puis il tira sa pipe de sa poche et la bourra pendant qu'elle attachait Brownie à la palissade. Elle vit que Casaundra avait passé son bras sous celui d'Eliott et qu'elle bavardait gaiement avec lui. Sandra se laissa distancer par le couple, songeant amèrement qu'ils étaient parfaitement assortis l'un à l'autre.

Avant de monter dans sa chambre, Sandra passa par la bibliothèque et choisit un livre. Elle prit un bain pour se détendre, espérant que cela mettrait aussi un peu d'ordre dans ses idées. Elle ne supportait pas d'être bouleversée par le plus léger contact d'Eliott. C'était comme si, chaque fois, elle se laissait prendre à un piège, délicieux peut-être mais piège tout de même. Avait-elle donc oublié la triste expérience de son père avec cet homme peu digne de confiance?

Elle sortit de la baignoire, se sécha et revêtit l'ensemble qu'elle avait prévu de porter pour aller travailler avec Brent. Chassant Eliott et Casaundra de ses pensées, elle s'installa sur son lit avec Asphalte et ouvrit le livre.

Elle fut bientôt totalement absorbée par cet ouvrage qui parlait de passages secrets dans les vieilles maisons, en particulier celles qui dataient de la guerre de Sécession. Et elle se demanda s'il y en avait à Willowstone. Elle était si passionnée qu'elle ne descendit déjeuner qu'à 14 h 30. La cuisine était déserte et elle en fut contente. Elle préférait manger en paix pour être sûre d'arriver à l'heure à la clinique de Brent.

Elle sourit de plaisir en s'installant au volant de la Porsche qu'elle manœuvra habilement. Un peu plus tard, elle se garait devant les bâtiments de briques où Brent allait lui apprendre la pratique de son métier.

6

– Je suis Sandra Hawthorne, annonça-t-elle à la réceptionniste. Je pense que Brent vous a avertie que j'allais travailler ici?

– Mon nom est Ruth, répondit la jeune femme aux cheveux roux en lui tendant la main. Prenez place, il sera là dans un instant.

Assise parmi les animaux et leurs maîtres qui attendaient déjà, Sandra parcourut des yeux la salle d'attente. Simplement meublée, elle était très propre et l'ambiance y était sécurisante. Brent ouvrit la porte et, d'après son sourire, Sandra comprit que, contrairement à Eliott, il ne voyait pas du tout en elle une jeune fille entêtée et querelleuse qu'il fallait mater, mais une femme séduisante.

– Vous êtes en avance, c'est parfait. Venez!

Elle le suivit dans son cabinet où il lui tendit une blouse grise qu'elle revêtit après avoir suspendu sa veste au portemanteau.

– Nous allons faire une visite rapide des lieux car nous devons examiner notre premier client dans cinq minutes.

Sandra le suivit avec joie. Enfin elle abordait ce qui serait le travail de sa vie, pour lequel sa mère lui avait arraché la promesse de vivre à Danville; celui pour lequel elle avait défié Eliott. Elle comptait apprendre tout ce qu'elle pourrait de Brent. En outre, si elle réussissait grâce aux relations et à l'argent d'Eliott, ce serait en quelque sorte une manière de venger son père.

Brent lui montra le cabinet d'examens, séparé par un rideau de tout un équipement de radiologie comparable à celui que Sandra avait vu chez son propre médecin. Dans une grande pièce, des cages individuelles étaient alignées pour les chats, les chiens et les oiseaux. Plus loin, deux petites salles d'opération avaient été installées. Brent lui expliqua comment on anesthésiait l'animal et quelle était la surveillance exercée au cours de l'opération.

Tous ces gestes étaient les mêmes que pour les êtres humains. Les convalescents pouvaient courir dans un grand enclos et un grand bac servait à débarrasser les animaux de leurs puces. Tout près, un poêle était prévu pour les sécher.

Sandra fut tellement fascinée par les animaux et par la manière experte dont Brent les soignait, que lorsqu'il se redressa, après avoir examiné leur dernier client, elle fut stupéfaite de voir qu'il était 19 h 30 et que quatre heures étaient passées depuis son arrivée.

– Je vous remercie vraiment d'avoir accepté de m'employer. Vous ne pouvez savoir ce que cela représente pour moi! dit-elle en enlevant sa blouse.

– Si, je le peux, Sandra. Et je suis heureux de pouvoir vous aider. (Il lui sourit avec chaleur et son regard parcourut sa gracieuse silhouette sans cacher son admiration.) Si nous célébrions votre premier jour de travail et le début d'une longue carrière? suggéra-t-il, les yeux brillants. Nous pourrions manger un sandwich à la *Tanière du Renard* et aller danser? Qu'en pensez-vous?

Sandra ne sut que répondre. Elle aurait préféré se limiter à des relations purement professionnelles, mais elle lui était extrêmement reconnaissante de sa patience et de sa gentillesse. D'ailleurs, c'était un ami d'Eliott, et elle avait vraiment besoin d'un peu de chaleur et d'amitié. Aussi accepta-t-elle son invitation avec le sourire.

Il ôta sa blouse. Mince et élancé, il ne donnait pas une impression de puissance masculine, comme Eliott, mais il était infiniment plus sympathique.

– Je vais voir si tout va bien chez les opérés, et nous laisserons Ruth fermer, dit-il.

Sandra se demanda si elle commettait une erreur en sortant avec lui. Elle avait si souvent entendu dire que travail et amitié ne faisaient pas bon ménage... Mais comment aurait-elle pu refuser? Et puis, au théâtre, la veille, il avait été tellement charmant avec elle, au contraire d'Eliott.

Avant de partir, elle appela Willowstone pour

avertir qu'elle rentrerait tard. Elle avait espéré qu'Eliott répondrait, mais ce fut Letti.

Ruth eut l'air surprise de les voir partir ensemble. Au moment de sortir, Brent fit claquer ses doigts en s'exclamant :

— Attendez! J'ai oublié quelques livres de médecine vétérinaire que je veux vous prêter, Sandra. Ils vous intéresseront. (Il revint avec trois gros livres qu'il lui tendit avant de lui ouvrir la porte.) Ruth, à demain! Je vous laisse fermer! Sandra, nous prendrons ma voiture, la vôtre ne risque rien ici, précisa-t-il en la précédant vers l'arrière de la clinique.

Sandra ne s'était pas sentie aussi détendue depuis la maladie de sa mère. Ils arrivèrent à la *Tanière du Renard* et pénétrèrent dans une pièce sombre, voûtée comme une cave, décorée dans les tons roux de l'animal dont elle portait le nom, avec de nombreuses peintures de renards sur les murs. Voyant les gens plutôt habillés, Sandra regretta de ne pas être plus élégante.

— J'aurais dû passer à Willowstone pour me changer.

— Absolument pas. Vous êtes ravissante. Vous êtes même la plus jolie fille, ici, répondit-il en lui lançant un regard pénétrant.

Les compliments lui faisaient du bien après les moqueries d'Eliott. Ajoutés à la douce musique d'un slow, ils la plongèrent dans un état de semi-rêverie dès qu'ils furent installés à une table tranquille.

— On peut consommer du café, des jus de fruits, de la bière et des sandwiches... Voulez-vous du café et un sandwich? Vous êtes si menue que personne ne croira que vous avez l'âge de boire de la bière!

— Parfait, répondit-elle en riant.

Elle était contente d'être venue et se sentait à l'aise. Brent alla chercher les tasses et les sandwiches, et lorsqu'il revint, on jouait un slow très romantique et doux. Il posa le plateau sur la table et lui tendit la main.

— Voulez-vous danser?

Sandra se leva et se laissa étreindre. Ils étaient

86

tous deux minces et blonds et formaient un beau couple tandis qu'ils tournaient au rythme lent de la musique. Brent était si gentil et si gai que Sandra avait l'impression de le connaître depuis longtemps. Pas du tout comme l'arrogant M. Montaigne. Mais pourquoi ne pouvait-elle s'empêcher de penser sans cesse à lui?...

Soudain, elle constata que, pendant que ses pensées allaient vers Eliott, elle n'avait pas écouté un mot de ce que lui murmurait Brent à l'oreille.

– Pardon? dit-elle. Que dites-vous?

La bouche de Brent effleura doucement son oreille.

– Que j'avais l'impression que votre place était dans mes bras...

Elle sourit. Il était charmant, vraiment charmant. Mais dès qu'elle ferma les yeux pour mieux se laisser porter par le rythme, elle s'imagina que de grandes mains puissantes la tenaient et que des yeux sombres la regardaient.

– Depuis combien de temps connaissez-vous Eliott? demanda-t-elle lorsqu'ils eurent regagné leur table.

Brent secoua la tête comme si c'était une question qu'on lui posait trop souvent.

– Depuis toujours, mais je ne l'ai vraiment bien connu que lorsqu'à 18 ans j'ai travaillé pour le vieux Dr Badger. Nous avions été appelés chez Eliott pour ses chevaux. Il est incroyable, vous savez, il s'inquiète très vite pour eux. Et nous sommes alors devenus amis parce qu'il a découvert que je jouais aux échecs. Eliott a trois passions : les chevaux, les échecs et les femmes... pas nécessairement dans cet ordre!

Sandra ne put s'empêcher de détecter un peu d'amertume dans la voix de Brent et, intriguée, elle voulut en savoir plus.

– Est-il vraiment un de vos bons amis?

Une expression songeuse, pas vraiment amicale, passa sur le visage mobile de Brent.

– Je vous ai déjà dit qu'Eliott m'a financièrement aidé à ouvrir ma clinique. J'aurais pu reprendre celle du Dr Badger lorsqu'il a pris sa retraite, mais elle était en si piteux état...

— Est-il aussi difficile à connaître qu'il en donne l'impression ?

Brent se mit à rire puis il répondit :

— Le grand, l'intimidant Eliott Montaigne, bon avec les riches, dur avec les pauvres! L'indestructible Eliott Montaigne! Je dois reconnaître qu'il s'est bien battu pour arriver là où il est, au sommet. Excusez-moi, ajouta-t-il en se levant brusquement, je vais chercher une bière. Puis-je vous apporter quelque chose ?

Sandra secoua négativement la tête et elle le regarda s'éloigner. Il lui semblait qu'elle allait enfin apprendre des détails utiles et elle attendit son retour avec impatience.

— Comment Eliott est-il arrivé à sa situation présente ? demanda-t-elle dès qu'il fut de nouveau assis, du ton le plus naturel possible pour cacher l'immense curiosité dont elle était dévorée.

— Lorsque son père mourut, son affaire de prêt-à-porter était dans une situation critique, ainsi que l'école que votre père et Eliott avaient créée. Pour aggraver les choses, votre père a subitement quitté la ville. (Brent but une gorgée de bière, le regard fixé sur son verre.) Votre père a vraiment mis Eliott dans le pétrin, à cette époque, en lui demandant de rembourser sa mise de fonds. Tout le monde pensait qu'Eliott allait faire faillite. Mais il a travaillé nuit et jour, et il a réussi.

— Il est impossible que mon père l'ait mis en difficulté de cette manière, dit-elle d'un ton agressif. C'est probablement ce qu'Eliott raconte. Connaissiez-vous mon père ?

— Oh! de vue... répondit Brent qui semblait fatigué de cette conversation. Si nous dansions un peu ?

Sandra le retint par le bras.

— Non, parlons. Vous est-il jamais venu à l'esprit qu'Eliott pouvait avoir menti ?

— Mentir n'est pas un des défauts d'Eliott!

— Si mon père a agi comme vous venez de le dire,

pourquoi Eliott aurait-il à cœur de s'occuper de mon avenir? Je refuse de croire qu'il le fait par bonté d'âme!

L'expression assombrie de Brent mettait Sandra mal à l'aise.

– Aussi dur que soit Eliott et quelles qu'aient été les difficultés soulevées par le départ de votre père, Eliott est un homme d'honneur. Il n'a jamais oublié – et il ne laisse personne l'oublier – que c'est grâce à l'idée de votre père qu'il a réussi. Il peut quelquefois paraître terriblement étrange, mais il est fidèle à lui-même. C'est un homme qui inspire le respect et qui est respecté de tous.

« Oui, se dit Sandra, il est respecté parce qu'il bouscule les gens jusqu'à ce qu'ils s'inclinent devant ses volontés! »

– Mais mon père n'était pas de ceux qui plongent sans raison quelqu'un dans les difficultés!

– Qui vous dit qu'il n'avait pas ses raisons? demanda Brent en buvant lentement sa bière.

– Alors, quelles étaient-elles? Les connaissez-vous? demanda Sandra, le cœur battant.

Brent secoua la tête d'un air penaud.

– Non. Et cela ne me regarde pas. Venez, il est tard et je dois me lever tôt.

Joignant le geste à la parole, il se leva et lui tendit la main. Elle était extrêmement déçue. Elle avait été si près d'obtenir la réponse tant espérée... Personne ne lui dirait donc jamais la cause de la rupture entre son père et Eliott?

Dans le parking de la clinique, Sandra ne sut pas si elle était contente ou triste lorsque Brent lui fit un léger baiser sur le bout du nez.

– Conduisez prudemment! A demain matin. Bonne nuit, beauté!

Elle murmura un bonsoir rapide et s'installa au volant de la Porsche. Sa journée avait été bien remplie et elle se hâta de rentrer. Letti l'attendait.

– J'ai du chocolat chaud tout prêt, mon petit. Racontez-moi votre première journée de travail!

Sandra l'accompagna à la cuisine et ne put s'empêcher de demander:

– Où est Eliott? Il n'est pas là?

– Non, il est parti pour New York, ce soir.

– Oh!

Sandra détourna la tête pour cacher à Letti ses yeux mouillés de larmes. Il était de nouveau parti sans lui dire au revoir... Elle aurait dû le haïr. Elle était seulement terriblement déçue.

Le lendemain matin, à 9 heures précises, Sandra arrivait à la clinique. Ruth lui sourit amicalement.

– Bonjour! Comment s'est passée votre soirée? demanda-t-elle, ses yeux verts remplis de curiosité.

– Oh! très bien, merci.

– Ça avait l'air de bien commencer...

– Pourquoi, vous nous avez vus?

– Oui, je me suis arrêtée à la *Tanière du Renard* en rentrant. Vous dansiez tous les deux.

– Vous auriez dû nous rejoindre à notre table, répliqua Sandra, gênée d'avoir été vue dans les bras de Brent si peu de temps après son arrivée à Danville.

– Pour rien au monde je n'aurais interrompu votre tête-à-tête! Je suis contente de voir le docteur s'intéresser à quelqu'un d'autre que Casaundra Calahan. Il n'a d'yeux que pour elle depuis des années. Il est temps qu'il l'oublie un peu. Il est beaucoup trop bien pour elle!

Sandra pâlit. Casaundra s'était montrée possessive envers Brent, mais elle n'avait pas soupçonné cela. Se laissant tomber sur une chaise de la salle d'attente encore vide, elle soupira.

– Je suis désolée, murmura Ruth. Je ne voulais pas commettre une indiscrétion. Je pensais que vous étiez au courant puisque vous vivez chez Eliott... Ils sont tous trois des amis de jeunesse. Oh, vraiment, je vous croyais au courant... D'ailleurs, je ne pense pas que Casaundra ait jamais attaché beaucoup d'importance à...

Elle s'interrompit et s'affaira sur le dossier posé devant elle car Brent venait d'entrer et il contemplait Sandra, vêtue d'un pull à grosses côtes jaune vif et d'un pantalon assorti qui moulait son corps ravissant.

– Bonjour! Vous avez l'air gaie et en pleine forme, ce matin. Venez! Deux opérations sont prévues, aujourd'hui.

Sandra lui sourit nerveusement, le suivit et enfila sa blouse. Brent prit un drap dans une armoire vitrée et l'étendit sur la table d'opération. Puis il alla chercher un chat ligoté dans un sac.

– Pourquoi est-il dans ce sac?

– Avez-vous déjà été attaquée par un chat énervé?

Se rappelant le soir où Asphalte avait grimpé le long de Casaundra, Sandra ne put s'empêcher de rire en réponse à son sourire joyeux.

– Eh bien... c'est une expérience à laquelle je ne souhaite pas assister deux fois!

Fascinée, elle observa Brent préparer l'animal et l'opérer. Et soudain, elle se sentit mal. Des étoiles se mirent à danser devant ses yeux, Brent devint flou et parut s'éloigner dans le brouillard tandis que ses oreilles bourdonnaient. « Sandra, domine-toi, s'ordonna-t-elle. Secoue-toi! Un vétérinaire doit pouvoir opérer... » Et comme elle voulait devenir vétérinaire, elle se força à regarder les mains adroites de Brent. Mais son estomac était noué, et soudain il lui sembla qu'on venait d'éteindre les lumières.

– C'est la première opération à laquelle j'assiste, murmura-t-elle d'une voix blanche.

Brent la regarda avec inquiétude. Elle n'arrivait même plus à fixer les mains de Brent, qui lui apparaissaient de plus en plus grosses. Elle l'entendit appeler Ruth.

Une agréable sensation de légèreté remplaçait l'horrible tension qu'elle avait ressentie en regardant Brent opérer. C'était si paisible là où elle se trouvait. Des plumes et des nuages flottaient doucement autour d'elle et elle crut entendre une voix d'homme prononcer son nom. Une voix très douce.

Elle chercha d'où elle provenait, espérant voir de sombres yeux de braise, mais quand enfin elle ouvrit les paupières, elle fut surprise de croiser un regard clair. Elle regarda autour d'elle. Pour une raison stupide, elle s'était attendue à voir Eliott, mais elle était allongée dans la salle d'attente de la clinique et ça sentait l'ammoniaque. Penché sur elle, Brent lui caressait doucement le front. Sandra se rappela immédiatement la situation et s'exclama :

– Oh non ! Ne me dites pas que je me suis évanouie !

– Si ! Vous m'avez fait peur. Vous auriez dû m'avertir. C'était à un moment critique et je ne pouvais rien faire pour vous aider. J'ai cru que vous alliez tomber avant que Ruth ne vienne vous soutenir. Comment vous sentez-vous ?

– Je suis désolée, dit-elle les lèvres tremblantes. Je me sens bien. Comment... comment va le chat ?

– A merveille ! Il est de retour dans sa cage.

Elle essaya de s'asseoir mais Brent la força à rester allongée.

– Mais non ! Je me sens très bien, mais tellement embarrassée... Je ne me doutais pas du tout que cela pouvait m'arriver.

– C'est parfaitement normal, je vous assure. Ça arrive souvent, la première fois. J'aurais dû me méfier. C'est de ma faute.

C'était tout à fait Brent, ça... endosser la responsabilité de sa stupidité à elle.

– Puis-je voir le chat ? demanda-t-elle, anxieuse de faire oublier sa ridicule faiblesse.

– Vous êtes certaine que vous vous sentez d'aplomb ? Vous ne voulez pas vous reposer encore un peu ? Je vais vous chercher un verre d'eau.

– Non, c'est inutile, je vous assure. J'aimerais voir le chat.

Sa conduite la catastrophait. Brent lui passa un bras autour de la taille pour l'aider à se lever. Jusqu'ici, elle s'était toujours débrouillée sans problèmes en toutes circonstances. Mais depuis son arrivée à Danville, il semblait qu'elle était toujours à l'origine de désastres qui la faisaient passer pour une incapable. Elle fit un sourire gêné à Ruth et retourna avec Brent dans la salle d'opération.

Le chat était dans un sac en papier kraft.

– Pourquoi est-il encore dans un sac?

– Pour avoir chaud, dit Brent en prenant l'animal dont les yeux recommençaient à briller à mesure que les effets de l'anesthésie s'estompaient.

Sandra fut soulagée d'entendre le téléphone sonner. Elle ne voulait plus qu'on lui parle de cette opération.

– Docteur! cria Ruth. C'est M. Perkerton qui a une vache malade! Il a besoin de vous.

– Dites-lui que j'y serai dans un quart d'heure environ, Ruth. Sandra, vous pouvez prendre votre après-midi.

– Et les clients qui viendront à la consultation?

– Ils ont l'habitude des urgences. Ils attendront ou reviendront. Dans une petite clinique comme celle-ci, ils savent que tout peut arriver, et Ruth peut toujours m'atteindre en cas de réelle nécessité.

Sandra ôta sa blouse et enfila sa veste bleue pour sortir en même temps que Brent. Elle ne pouvait cacher sa déception de voir son rêve déjà brisé. En un seul jour, elle avait compris combien elle avait été naïve et mal informée dans son désir de devenir vétérinaire. Qu'avait dit Eliott? Que le désir ne suffisait pas? Comment pourrait-elle encore le regarder en face?...

Brent passa un bras autour de ses épaules avant d'atteindre sa jeep chargée de tout l'équipement dont il avait besoin.

– Vous vous y habituerez. Ne vous découragez pas!

Sandra ne répondit pas tout de suite car, au fond d'elle-même, elle savait qu'elle ne s'y ferait jamais. Enfin, elle le regarda d'un air suppliant.

– Vous... vous ne raconterez pas à Eliott ce qui est arrivé aujourd'hui? Je vous en prie...

Elle pouvait déjà l'imaginer en train de la toiser

en laissant tomber d'un ton méprisant : « Je vous l'avais bien dit »!

Brent serra un peu plus fort ses épaules.

– Bien sûr que non. Ne vous tourmentez pas...

Sandra lui sourit avec reconnaissance. Sa compréhension était sans limites et il ne la blâmait jamais. Pourquoi, oh! pourquoi Eliott ne pouvait-il lui témoigner un peu de la gentillesse de Brent? Elle s'arrêta une seconde et tapa du pied. Quand cesserait-elle de penser à lui?

Le travail de Sandra à la clinique devint routinier mais elle ne supportait toujours pas les opérations. Elle pensait tristement que cela signifiait qu'elle ne serait jamais vétérinaire et elle était trop humiliée pour en parler à quiconque. Elle lisait avec intérêt les ouvrages que Brent lui prêtait et montrait toujours le même enthousiasme apparent. Mais secrètement, elle se sentait de plus en plus attirée par l'histoire.

En attendant le retour d'Eliott, elle dévora tous les livres qu'elle trouva sur la guerre de Sécession et les batailles qui avaient dressé les citoyens de ce pays les uns contre les autres à cause de l'abolition de l'esclavage et des droits de chaque Etat. Les combats meurtriers avaient fait une multitude de morts et parsemé le Sud de cimetières et de monuments commémoratifs...

Plus elle lisait ces ouvrages historiques, moins elle s'intéressait à la médecine, et elle redoutait le moment où Eliott discuterait à nouveau avec elle de ses projets d'avenir. Comment admettrait-elle qu'elle s'était trompée, après avoir montré tant de détermination dans sa décision? Elle voyait d'avance l'expression protectrice et satisfaite de M. Montaigne, et préférait mourir plutôt que de le voir triompher. Elle aurait dû être plus prudente. Enfin, pour le moment, elle était tranquille. Il était encore à New York, et Asphalte était libre d'aller partout dans la maison, sauf dans la bibliothèque qui restait fermée.

Pour lui faire plaisir, Letti lui enseignait cette cuisine du Sud qu'elle appréciait tellement, et elle passait de plus en plus de temps à la cuisine, à surveiller ses casseroles.

– Vous êtes une bonne petite cuisinière, maintenant, lui dit Letti, un soir où elle avait préparé un repas vraiment délicieux. Eliott va en être tellement surpris, à son retour!

– Oh, non, Letti, il ne faut pas encore le lui dire, s'exclama Sandra, inquiète.

– Et pourquoi pas?

– Je... je... attendons que je puisse réaliser un repas entier qui l'impressionnera. Ce sera une meilleure surprise.

Elle n'osait avouer à Letti qu'elle était persuadée qu'Eliott trouverait le moyen de critiquer ses talents culinaires, et elle prenait trop de plaisir à les développer pour le laisser tout gâcher.

Après le dîner, Letti répondit au téléphone et s'écria :

– Eliott! Que je suis contente de t'entendre...

Sandra s'affaira soudain pour donner l'impression d'être occupée, alors qu'en fait elle espérait qu'il demanderait à lui parler. Quelle idée folle! Il ne parla même pas d'elle. Et pourquoi l'aurait-il fait? Ils pouvaient à peine se supporter l'un l'autre. De toute façon, Brent était de bien meilleure compagnie.

Sandra et Brent se voyaient de plus en plus souvent en dehors du travail. Elle était pleine de respect pour ses capacités et se demandait comment il avait pu s'intéresser à une femme comme Casaundra. Ils étaient si mal assortis... Sandra attendait le moment où elle pourrait en apprendre davantage grâce à Ruth, sans lui montrer à quel point elle-même s'intéressait au trio. Peut-être même que Ruth savait quelque chose au sujet de son père?

Quand Brent invita Sandra à l'accompagner à une soirée pour fêter la Saint-Valentin, elle décida qu'elle avait besoin d'une nouvelle robe. Elle en parla à Letti qui fut pleinement d'accord. Elles passèrent la semaine à chercher et ne trouvèrent la robe idéale que le jour même du bal. C'était une robe longue moulante en soie fuchsia, avec un décolleté en pointe, des manches kimono et une jupe fendue devant. Sandra eut le coup de foudre pour cette somptueuse robe, mais lorsqu'elle en sut le prix, elle l'enleva en soupirant : c'était bien au-dessus de ses moyens.

– Vous la prenez, n'est-ce pas? demanda Letti. Elle vous va si bien! Les premiers crocus du printemps sont moins jolis que vous dans cette robe.

– Non, Letti, je le regrette... elle est beaucoup trop chère.

– Ne vous en inquiétez pas! Elle vous va trop bien pour ne pas la prendre.

– Oui, elle est vraiment ravissante, mais il faut en trouver une à un prix plus raisonnable.

– Non, mon petit. Je vais la payer. Si vous insistez, vous me rembourserez plus tard.

– Oh, ma pauvre Letti! Vous êtes fatiguée par ces essayages sans fin, n'est-ce pas? murmura Sandra avec affection.

– Pas du tout! J'ai plus d'énergie qu'un vieux cheval de labour, mais on dirait vraiment que cette robe a été faite rien que pour vous .

Sandra remit la robe et se regarda dans le miroir à trois faces. Elle était réellement époustouflante ainsi. La tentation était grande.

– Bon, d'accord. Je vous rembourserai avec ce que je gagne chez Brent.

– Ne vous en faites pas! Ce qui m'importe, c'est que vous soyez belle, répondit Letti, toute joyeuse. Les femmes seront très élégantes à ce bal qui a traditionnellement lieu dans le manoir des Thorton, et je veux que vous me racontiez tout. On dit que les Thorton sont les descendants des Yankees du Nord qui se sont emparés d'une plantation ici, après la guerre civile.

« Incroyable, se dit Sandra. Après plus de cent ans, les Sudistes ont encore du mal à accepter les

Nordistes chez eux. » Mais comme elle commençait à aimer l'histoire et les traditions du Sud, maintenant, elle pouvait comprendre ce que lui disait Letti.

– Et que pensez-vous de ces chaussures? demanda celle-ci en lui désignant des escarpins rouges à très hauts talons.

Elles plurent à Sandra qui choisit un petit sac assorti tout aussi raffiné pour compléter l'ensemble. Puis elles se hâtèrent de rentrer, et Sandra passa deux heures à se préparer.

A nouveau, elle noua ses cheveux blonds sur le haut de sa tête, mais cette fois en une masse de boucles soyeuses, avec deux mèches blondes derrière une oreille. Elle colora ses paupières d'une ombre rose et ses joues d'une touche de rouge.

Elle descendit rejoindre Brent qui l'attendait au salon. En la voyant, il émit un petit sifflement d'admiration.

– Vous êtes éblouissante! murmura-t-il. Absolument ravissante.

Rougissant modestement, Sandra le regarda en souriant tandis qu'il posait son verre et s'approchait d'elle. En costume de velours brun et chemise lilas plissée, il était raffiné et séduisant. Sa cravate lavande s'harmonisait avec la couleur de la chemise, et ses cheveux blonds et son teint clair étaient rehaussés par le velours sombre de son complet. Sandra ne l'avait jamais vu aussi beau. Il sourit de toutes ses dents éclatantes et prit dans sa poche une petite boîte.

– C'est pour vous, dit-il doucement en ouvrant l'écrin pour en sortir un charmant collier en or avec, en pendentif, une minuscule mouette aux ailes déployées.

Le souffle coupé, Sandra tint le collier devant sa gorge blanche. Elle sentit les mains de Brent sur sa nuque, puis il lui caressa le dos et la serra contre lui.

– Que tous vos rêves se réalisent! lui souffla-t-il à l'oreille.

Sandra ne le considérait que comme un ami. Et

elle se rendit compte qu'il serait très blessé lorsqu'il saurait que ce qu'elle éprouvait pour lui n'était pas de l'amour. Affolée, elle se libéra et se regarda dans le grand miroir accroché au-dessus de la cheminée.

– Oh, Brent, il est ravissant. Vous n'auriez jamais dû, non... vraiment pas!

– Rien n'est trop beau pour vous, dit-il en la prenant par la taille.

– Il faut partir, Brent, ou nous allons être en retard au bal!

– Oui, mon chou. Allons-y! dit-il avec un petit rire qui rompit la tension.

Il lâcha sa taille, prit son manteau blanc et l'aida à l'enfiler.

7

La soirée avait lieu dans la ville historique de Richmond. Lorsqu'ils l'atteignirent, après une bonne heure de route, Sandra posa mille questions à Brent au sujet des divers monuments devant lesquels ils passaient. Malheureusement, il n'en savait pas plus qu'elle sur l'histoire de cette cité.

Ils s'arrêtèrent enfin devant un manoir encore plus impressionnant que Willowstone, et un jeune homme en livrée se précipita pour ouvrir la portière de Sandra avant d'aller garer la voiture derrière la maison. Un maître d'hôtel extrêmement digne, en habit noir et chemise blanche, leur ouvrit cérémonieusement la porte et les fit entrer dans la salle de bal décorée avec audace de cupidons d'ivoire et de cœurs de la Saint-Valentin d'un rose éclatant.

Sur une immense table recouverte de dentelle et égayée de nombreux bouquets de roses et d'œillets, des mets choisis attendaient les amateurs : canapés, bouchées au fromage et au jambon, crevettes, pâtisseries et friandises diverses. Çà et là, de grandes coupes en cristal taillé pleines de punch aux fruits émergeaient d'une foule de très beaux verres. Comme le maître d'hôtel les conduisait au bar, Sandra s'émerveillait de tout ce luxe.

— Bonne soirée! leur dit-il gravement en les quittant.

— Un sherry pour mademoiselle, commanda Brent au barman, et pour moi, un bourbon.

Le maître des lieux était à coup sûr fabuleusement riche, et la maison, visiblement plus ancienne que Willowstone, devait avoir un passé fascinant. C'est ce que pensait Sandra en admirant le plafond aux précieuses moulures, où étaient suspendus des lustres miroitant de centaines de longues gouttes de cristal. Eblouie par tant de beauté, elle ne remarquait pas les regards admiratifs qui l'enveloppaient. Tout, ici, évoquait les ouvrages historiques sur la région qu'elle venait de lire et, captivée, elle contemplait ce qui l'entourait avec une attention passionnée.

Ce n'est qu'après un moment qu'elle remarqua les somptueuses toilettes des femmes, l'élégance des hommes, l'orchestre qui jouait des airs pleins de gaieté et les couples qui dansaient sur les dalles de marbre.

Brent la prit par le bras et l'entraîna vers une petite table, au bord de la piste.

Les œillets rouges qui ornaient la table et le velours également rouge de la chaise où elle prit place, semblaient assortis à sa robe. La petite mouette en pendentif se balançait doucement sur sa gorge tandis qu'aux côtés de Brent, elle s'imprégnait de l'ambiance et de la musique. L'orchestre se mit à jouer une valse irrésistible et, lui tendant la main, Brent se leva.

— Allons danser!

Elle se leva à son tour, et lorsqu'il l'enlaça étroitement, elle était trop envoûtée par l'atmosphère de ces lieux pour protester. Rien ne pouvait troubler ce moment enchanteur. Elle se sentait légère dans les bras de son partenaire, tournoyant gracieusement, en parfaite harmonie avec lui.

Aussi eut-elle un choc qui la fit trébucher et se raccrocher maladroitement à Brent, quand elle reconnut la voix grave, le visage au teint mat et les yeux de braise d'Eliott.

– Puis-je vous prendre votre cavalière?

Malgré son visible ressentiment, Brent ne put qu'accepter.

– Je vous croyais à New York, balbutia Sandra en se retrouvant brusquement dans les bras d'Eliott.

La valse finissait, remplacée par une mélodie romantique au rythme plus rapide. Sandra, encore sous l'effet de la surprise, perdit le rythme et eut peine à suivre Eliott qui dansait avec une sorte de rage contenue. Il ne ralentit pas un instant, indifférent à son désarroi, comme s'il voulait la punir pour quelque méfait qu'elle aurait commis sans le savoir.

– J'étais à New York, dit-il enfin, mais je n'ai jamais eu l'intention d'y demeurer éternellement. Je vous ai manqué? demanda-t-il avec un étrange sourire.

Sandra, qui ne s'attendait pas à cette question, fut prise de court. Pourquoi la taquinait-il ainsi? Ne pouvait-il vraiment pas se montrer un peu gentil avec elle?

– Alors? insista-t-il en la dévisageant d'un air narquois.

– Bien sûr que non! répliqua-t-elle en baissant les yeux, ne pouvant soutenir l'éclat diabolique de son regard.

– Evidemment, murmura-t-il en la serrant plus fort contre lui. Il aurait été fou d'espérer que vous resteriez à la maison à m'attendre impatiemment, mais je ne pensais pas vous retrouver serrée entre les bras de Brent!

– Et moi, je ne m'attendais pas à vous retrouver ici! répondit-elle en sentant l'irritation la gagner.

– Comment? Mais ma chère Sandra, ce bal est le plus beau de la saison et Casaundra ne le manquerait pour rien au monde!

Elle trébucha à nouveau et il la serra encore plus fort contre lui. Pourquoi son cœur avait-il tressailli à la mention de Casaundra? Il était pourtant évident qu'elle suivait Eliott partout! Pourquoi n'y avait-elle pas pensé? Elle la chercha des yeux, mais Eliott la faisait tournoyer avec une telle énergie qu'elle ne pouvait rien voir clairement. Elle fit encore un faux pas et, levant les yeux vers lui, elle se heurta à sa rage froide. Elle baissa les yeux et remarqua alors la coupe élégante de son complet bordeau.

– Avez-vous besoin de cours de danse, ou est-ce ma faute? ironisa-t-il.

– Oh, sûrement pas! explosa-t-elle. Vous faites toujours tout si parfaitement, n'est-ce pas? Pourtant, je n'ai aucune difficulté à suivre Brent. Aussi, excusez-moi... mais je vais le rejoindre.

Elle se détournait pour s'en aller, quand les mains puissantes d'Eliott la plaquèrent si violemment contre lui que son pendentif fit un bond, attirant l'attention d'Eliott sur sa poitrine haletante.

– Ne soyez pas si pressée, Sandra. Je peux supporter votre maladresse jusqu'à la fin de cette danse!

Troublée d'être si proche de lui, les jambes en coton, elle n'avait pas d'autre alternative que de patienter. Elle ne se souvenait pas d'avoir jamais trouvé une danse aussi longue, ni une corvée aussi excitante...

Quand il relâcha un peu son étreinte, elle réussit à le suivre plus aisément, malgré le feu que le contact de son corps avait allumé dans ses veines. En réalité, elle se sentait dans un état proche de l'hypnose.

– Votre robe me plaît beaucoup, dit-il soudain. (Peu habituée à recevoir un compliment de sa part, Sandra lui sourit gaiement.) Je suis heureux d'avoir eu l'occasion de constater par moi-même que j'en ai pour mon argent, même si c'est pour plaire à Brent que vous l'avez achetée.

– Votre argent? bégaya-t-elle. Votre... argent?

– Oui, Letti m'a dit qu'elle l'avait fait porter à mon compte.

– Elle... je... vous êtes odieux! lança-t-elle d'une

voix sifflante, les joues en feu. Un goujat... voilà ce que vous êtes!

— Et vous, une jeune fille naïve dans un corps de femme. Que faites-vous ici, avec Brent?

— La même chose que vous et Casaundra, je pense!

Naïve! Mais pour qui se prenait-il? Elle était bien assez femme pour plaire à Brent.

— La même chose? Vraiment? Vous me choquez, Sandra!

La danse terminée, il la prit par le coude et l'amena vers une table où Brent bavardait avec Casaundra. Brent ne les avait pas vus approcher et Sandra fut étonnée de l'animation avec laquelle il parlait à la jeune femme, et de la manière dont il la serrait de près. Pour comble de malheur, Casaundra portait un long fourreau de soie écarlate qui rendait sa beauté plus étourdissante que jamais.

— Restez avec nous! ordonna Eliott, sans se soucier des éclairs de colère qui jaillissaient des yeux de Casaundra.

— Pour rien au monde nous ne voudrions interrompre votre tête-à-tête, n'est-ce pas, Sandra? Nous avons déjà une table et nous allons y retourner, répondit Brent, comme si l'ordre d'Eliott n'avait été qu'une suggestion.

Sandra, qui ne se sentait pas de taille à affronter une autre soirée en compagnie de Casaundra et d'Eliott, lui sourit avec reconnaissance, puis elle regarda Eliott d'un air de moins en moins triomphant, à mesure qu'elle constatait son irritation. Il s'assit auprès de Casaundra et commença à bavarder avec elle comme si Brent et Sandra n'existaient plus. Brent se leva calmement et, prenant Sandra par la taille d'un geste possessif, il la reconduisit à leur table.

Mais, pour Sandra, le charme de ce bal était brisé. Elle aurait voulu n'y être jamais venue et, par-dessus tout, que Casaundra n'y ait pas accompagné Eliott.

La soirée, cependant, se poursuivit normalement. Sandra réussit à faire semblant de s'amuser. Elle dansa, bavarda, plaisanta, rendit à Brent sourire pour sourire, mais elle avait le cœur serré. Elle ne pouvait supporter de voir Eliott et Casaundra danser ensemble, aussi splendides l'un que l'autre, formant le couple idéal. Elle faisait l'impossible pour ne pas voir les regards qu'ils échangeaient, ni les mains d'Eliott serrant la taille de Casaundra... Et n'y parvenant pas, elle souffrait.

Lorsque Brent déclara qu'il était temps de partir, Sandra respira un peu mieux. Mais ce ne fut que dans la voiture qu'elle se détendit enfin, les yeux fermés. Aussitôt, l'image d'Eliott s'imposa à elle. Et jusqu'à leur arrivée à Willowstone, elle ne put penser à rien d'autre qu'à son émotion lorsqu'il l'avait tenue dans ses bras.

Faisant un grand effort pour se montrer aimable, elle murmura :

– Merci, Brent, pour cette soirée extraordinaire, merveilleuse... Je n'aurais pu imaginer que c'était possible!

Et elle aurait été parfaitement sincère s'il n'y avait eu l'apparition d'Eliott.

– Je suis content que cela vous ait plu, répondit-il en lui souriant à la lumière de la pleine lune.

Puis , défaisant l'unique bouton de son manteau blanc, il glissa un bras autour de sa taille, l'attira contre lui, lui releva le menton et, s'inclinant vers elle, posa ses lèvres sur les siennes. Sandra eut l'impression qu'elle sentait le cœur de Brent répondre aux battements du sien. Mais au fond d'elle-même, elle ne pensait qu'à Eliott, à ses baisers, à son pas qu'elle allait jusqu'à s'imaginer entendre sur les dalles... Et alors, l'imaginaire devint réalité.

– Excusez-moi! dit sa voix sarcastique qui fit bondir Sandra.

– Tu es rentré très tôt? commenta Brent avec une lenteur délibérée. Tu as dû partir tout de suite après nous...

– Oh! peut-être. Je n'ai pas fait attention.

« Sûrement que si ! » pensa Sandra. Pourquoi se sentait-elle toujours coupable lorsque Eliott la surprenait avec Brent? Soudain, elle ne put plus supporter leur présence, ni à l'un ni à l'autre, et elle monta les marches du perron en murmurant d'une voix blanche :

– Bonsoir, Brent!

Sans un regard de plus pour eux, elle entra et referma la porte derrière elle.

Le lendemain matin, elle dormit tard et lorsqu'elle fut éveillée, elle eut envie de rester au lit un moment. Le souvenir du baiser de Brent lui revint à l'esprit, avec en surimpression le visage d'Eliott tel qu'il lui était apparu au bal et devant la maison. Un visage exprimant un tel mépris qu'elle en rougissait encore. Et pourtant... pourtant, elle ne pouvait le chasser de ses pensées. D'ailleurs, elle n'avait qu'à ouvrir sa porte et descendre l'escalier pour le voir... C'était l'individu le plus abominable, le plus cruel, le plus insensible et le plus exaspérant qu'elle ait jamais rencontré. Rien ne l'avait préparée à l'affronter. Mais c'était à son contact que son corps aspirait, c'étaient ses lèvres que les siennes souhaitaient, et le moindre frôlement de ses mains pouvait allumer en elle un brasier. Jusqu'à sa loyauté envers la mémoire de son père, qui disparaissait dès qu'elle était près de lui. Elle s'était sentie bien dans les bras de Brent, ses baisers avaient été agréables, mais celui qui l'attirait irrésistiblement, c'était Eliott l'arrogant.

« Ridicule! » pensa-t-elle en bourrant son oreiller de coups de poing. Heureusement qu'on était mardi et qu'elle n'avait aucune obligation. Elle resta encore allongée, se tournant et se retournant entre les draps, jusqu'à ce que Asphalte saute par terre et commence à miauler avec insistance devant la porte. Il était affamé et il n'avait pas l'habitude qu'elle le fasse attendre. Elle enfila sa robe de chambre, ramassa le chaton et descendit.

Glissant sans bruit dans ses pantoufles de fourrure, Sandra passa devant la porte fermée de la bibliothèque et continua jusqu'à la salle à manger. Le chat ronronnait doucement dans ses bras. Elle ouvrit la porte, s'attendant à trouver Eliott, mais la pièce était déserte. Elle passa à la cuisine où Letti était en train de lire le journal, une grande tasse de café fumant à côté d'elle.

– Bonjour! fit-elle gaiement en regardant la tête ébouriffée de la jeune fille qui n'avait pas réussi à démêler ses cheveux après la coiffure compliquée de la veille. Ça a vraiment dû être une soirée monstre pour que vous dormiez si tard! Je vous prépare le petit déjeuner...

– Non, Letti! répondit Sandra en la forçant à se rasseoir, finissez tranquillement votre café. Je n'ai pas faim. Je veux simplement nourrir Asphalte, et peut-être prendre un verre de jus d'orange et un petit pain. Hier soir, il m'a semblé sentir l'odeur des petits pains au lait tout frais...

– Très juste, mon petit, dit Letti en se levant tout de même. Du pain aux noix qui proviennent de nos arbres. Je vais vous en faire chauffer une belle tranche avec du beurre... nous en avons reçu de la ferme des Sparks, ce matin. Il est délicieux.

– Asseyez-vous, Letti, répéta Sandra en lui mettant la main sur l'épaule. Je peux me débrouiller. Continuez à lire votre journal.

Vexée que Sandra ne la laisse pas remplir ses devoirs, Letti se réinstalla à contrecœur.

– C'est moi qui m'occupe du petit déjeuner. Mais si vous insistez... Ensuite, vous me raconterez la soirée? Je meurs de curiosité! La petite-fille de Mme Sparks y est allée avec un garçon de la ville. Elle est mignonne, mais je suis sûre que la plus belle du bal, c'était vous!

Sandra pencha un peu la tête et regarda Letti du coin de l'œil.

– Oui... avec la robe payée par Eliott!

La gouvernante prit un air coupable puis, très vite, elle releva la tête avec un air de défi.

– Et pourquoi pas, puisqu'il peut le faire? Il veut que vous ayez de jolies choses!

– Ah, vraiment? Oh! Letti, pourquoi ne m'avez-vous pas dit que vous mettiez le prix de cette robe sur le compte d'Eliott? Je n'aurais jamais accepté...

— Je le savais et c'est bien pourquoi je ne vous ai rien dit parce que je voulais que vous ayez cette robe, et comme vous pouvez vous montrer très entêtée... Vous tenez vraiment de votre papa! J'étais sûre que vous monteriez sur vos grands chevaux si je vous disais la vérité. Il m'est arrivé d'acheter des choses pour lui dans ce magasin, mais je n'y ai pas de compte, ajouta-t-elle avec un large sourire, c'est le plus cher de tout Danville!

— Eh bien, si je ne l'avais pas portée hier soir, je la leur aurais rapportée aujourd'hui même. Je ne veux pas dépenser l'argent gagné par Eliott pour de telles frivolités.

— Pourquoi pas? C'est lui qui le veut. Pourquoi refuser sa générosité?

— Parce que... parce que...

Incapable de trouver les mots justes, Sandra leva les mains en un geste de désespoir. Comment pouvait-elle expliquer ses sentiments à celle qui avait élevé Eliott comme son fils? Elle ne pouvait pas lui dire combien il se montrait désagréable et cruel, arrogant et impossible, et à d'autres moments, si attirant. Elle ne pouvait pas non plus lui expliquer qu'elle ne pouvait que détester Eliott à cause de ce qu'il avait fait à son père.

— Eliott aimait beaucoup vos parents, Sandra. Ils se connaissaient depuis bien longtemps... depuis que votre grand-mère Hawthorne avait travaillé dans le magasin des Montaigne. Ils se voyaient beaucoup... Eliott avait tant d'affection pour votre famille! Vous avez tort de ne pas vouloir le laisser s'occuper de vous, conclut solennellement Letti.

Sandra l'écoutait sans bouger, caressant son chat. Letti secoua tristement la tête, faisant sauter sa natte grise sur sa nuque.

— Vous pensez peut-être que je me mêle de ce qui ne me regarde pas, mon petit, mais Eliott est comme mon fils et je vous aime beaucoup, vous aussi. C'est pour ça que je suis désolée de vous voir vous heurter sans cesse. Je n'arrive pas à le comprendre! Vous n'avez pas d'autre famille ni l'un ni l'autre, et il était si content lorsqu'il m'a annoncé votre venue ici. Il voulait tellement vous aider par reconnaissance pour l'aide que votre père lui avait procurée autrefois! Si Eliott ne connaissait rien à la gestion d'une école, il avait la détermination qui manquait à votre père. Il a compris qu'une école professionnelle de secrétariat où l'on pourrait aussi apprendre les langues étrangères, la littérature, la décoration... avait toutes ses chances. Et il a réussi à concrétiser le rêve de votre père longtemps après que celui-ci ait tout abandonné et soit parti pour la Californie.

« Oui, songea amèrement Sandra, longtemps après que mon père, si doux et si gentil, ait dû renoncer à ses espoirs, Eliott, lui, a persisté envers et contre tout, et il a récolté à sa place les fruits de son idée... »

— Mais, Letti, pourquoi... pourquoi mon père est-il parti? Je suis sûre qu'il n'a pas laissé tomber ses projets comme ça... Je voudrais savoir pourquoi ils se sont disputés...

Letti eut soudain l'air de regretter d'avoir trop parlé.

— Vous étiez si petite à cette époque, Sandra. Bien trop jeune pour comprendre comment les adultes peuvent se laisser entraîner par leurs craintes et leurs faiblesses. Votre père n'a pas supporté la tension causée par la création de cette école. Il... il a eu besoin d'excuses pour expliquer ce qu'il considérait comme un échec... il...

— Quoi, Letti, qu'a-t-il fait? insista Sandra, incapable de supporter plus longtemps ces insinuations au sujet de son père.

— Il a cru que votre mère le trompait et il a décidé de quitter Danville.

Enfin! Enfin, elle savait... mais elle était encore trop secouée pour comprendre réellement le sens de cette information. Elle ne pouvait le croire. Ça ne pouvait être vrai... Brusquement, Asphalte se débattit dans ses bras.

– Il vaudrait mieux que je le nourrisse! dit-elle, soulagée par cette diversion.

Essayant d'oublier ce qu'elle venait d'apprendre, elle prit une boîte d'aliments pour chats et l'ouvrit. Ce n'étaient que d'affreux ragots... Etait-il possible que ses parents aient été différents de ce qu'elle avait cru? Ou avait-elle été aveugle à leurs défauts? Et qu'est-ce que tout ceci avait à voir avec Eliott?

Elle remplit d'eau l'écuelle d'Asphalte et sortit du réfrigérateur le jus d'orange et le beurre. Puis elle découpa une belle tranche du délicieux pain aux noix, la mit dans le four à micro-ondes dissimulé dans un mur de la vieille cuisine coloniale, et attendit qu'elle soit à point. Asphalte ayant entre-temps terminé son repas, elle lui ouvrit la porte du jardin, et rejoignit Letti à la grande table.

– Alors, lui dit la gouvernante en s'efforçant visiblement de paraître gaie, allez-vous me laisser sur des charbons ardents toute la journée? Racontez-moi le bal! J'ai souvent entendu parler du manoir des Thorton... je l'ai vu de l'extérieur, mais comment est-ce, dedans?

– Oh! Letti... trop magnifique pour que je puisse le décrire... encore plus beau que Willowstone!

– Pffft! Impossible!

– Mais si! Un maître d'hôtel nous a ouvert la porte et nous a conduits à une salle de bal décorée avec des cupidons d'ivoire et de grands cœurs roses de la Saint-Valentin. Il y avait un orchestre et un buffet somptueusement garni. Des roses et des œillets rouges partout. Où ont-ils bien pu les trouver en cette saison?

– Probablement des fleurs de serre qui ont coûté des fortunes!

– Et la maison, comme dans un livre... Il y...

La porte de la cuisine s'ouvrit.

– Bonjour, Letti! Bonjour, Sandra! dit Eliott d'une voix encore endormie. La soirée vous a plu? lança-t-il à Sandra. Vous aviez l'air de bien vous amuser, cramponnée à Brent.

Sandra se retint de lui lancer son verre de jus d'orange à la figure.

– Oui, merci. Je me suis très bien amusée, surtout avant votre arrivée et celle de Mlle Calahan.

– Mlle Calahan? Vous êtes très protocolaire! Etiez-vous avec le Dr Haggerman?

– Certainement pas!

– Non. C'est bien ce que je pensais à en juger aux mamours qu'il vous faisait à la porte. Letti, j'aimerais bien deux œufs et du gruau. Et une grosse tranche de pain aux noix, enfin... si Mlle Hawthorne n'a pas tout mangé, dit-il en regardant la tranche de Sandra.

Prenant son assiette, Sandra la posa violemment devant lui en criant :

– Tenez, prenez celle-ci!

Elle se leva brusquement et s'apprêta à s'en aller, mais la manche de sa robe de chambre, balayant la table, fit tomber l'assiette par terre.

– Oh, non! s'écria-t-elle en regardant les morceaux de porcelaine et le pain écrasé sur le sol.

Cramoisie, elle donna un coup de pied dans les débris et se précipita hors de la pièce, poursuivie par le rire moqueur d'Eliott.

Humiliée, secouée de sanglots, elle fit couler un bain dans lequel elle se plongea avec l'espoir de se calmer, mais en vain. Cet homme était un vrai monstre. Il passait son temps à la ridiculiser. Mais pourquoi lui faisait-il ainsi perdre tout contrôle d'elle-même?

Elle repensa aux révélations de Letti au sujet de ses parents. Elle n'en croyait rien. Ou Letti se trompait, ou elle répétait les mensonges d'Eliott. Et pourquoi, elle, Sandra, avait-elle tant cherché à savoir ce qui s'était passé? Plus elle en apprenait, plus cela paraissait grave! Oh, pourquoi sa mère l'avait-elle envoyée ici? Elle n'aurait aucun repos tant qu'elle ne le saurait pas.

Elle enfila un pantalon gris et un pull rose et décida d'aller ranger son livre à la bibliothèque et d'en choisir un autre. Mais, en bas, elle perçut une odeur de pipe qui filtrait sous la porte. Aussi décida-t-elle d'aller plutôt chercher Asphalte dehors.

Il faisait très froid. Un vent glacé poussait de gros nuages noirs très bas. Elle chercha son chat en vain. Il n'avait pourtant pas l'habitude de s'éloigner. Claquant des dents, elle l'appela tout autour de la maison, son livre toujours sous le bras. Lorsqu'elle rentra, elle était gelée jusqu'à la moelle des os. Elle se précipita à la cuisine.

— Letti, avez-vous vu Asphalte?

— Il est peut-être avec Eliott?

— Eliott? demanda Sandra au comble de la surprise.

Elle entra alors dans la bibliothèque et là, elle découvrit Asphalte qui jouait avec une cordelière qu'Eliott lui tendait d'une main, tout en manipulant paresseusement de l'autre des pions sur l'échiquier disposé devant lui. Lorsqu'elle eut repris son souffle, Sandra lui demanda :

— Vous avez laissé Asphalte entrer ici?

— Oui.

— Mais pourquoi? Pour qu'il casse autre chose que vous ajouterez à tout ce que je vous dois déjà?

Eliott leva vers elle des yeux étincelants de colère :

— Evidemment pas! Deux désastres sont plus que suffisants! (Il poussa négligemment un pion sur son jeu et parcourut le corps de la jeune fille du regard avant de poursuivre :) Je me suis tout de même habitué à ce petit diable et sa compagnie m'amuse, de temps en temps. N'ayez pas l'air si surprise, Sandra, ajouta-t-il comme elle ne réagissait pas, j'ai des besoins et des désirs, comme n'importe quel autre être humain!

Dans l'attente de sa prochaine raillerie, elle guettait son visage. Mais non, il lui fit simplement un sourire désarmant, et elle ne trouva rien à dire.

— Maintenant que je me suis livré, reprit-il, pouvez-vous me dire si vos connaissances en matière d'échecs sont meilleures qu'en ce qui concerne l'équitation ou la danse?

— Non, Eliott, elles sont encore pires. C'est pour ça que je vais reprendre mon chat et vous laisser en votre propre compagnie. Je suis certaine qu'elle vous plaira beaucoup plus que la mienne.

Elle se baissa pour prendre Asphalte mais il se cramponnait de ses petites griffes acérées à la cordelière qu'Eliott lui offrait toujours. Sandra lui jeta un regard noir, tira le chat vers elle et quitta la pièce en oubliant de ranger le livre qu'elle était venue y rapporter. Elle le jeta sur sa table, se demandant pourquoi elle avait envie de pleurer. C'était trop bête!

8

La journée s'écoula lentement. Eliott s'absenta une bonne partie de l'après-midi et Sandra se rendit à la bibliothèque de Danville pour consulter des manuels expliquant la technique du jeu d'échecs. Elle n'allait pas laisser Eliott l'humilier éternellement.

Lorsqu'elle rentra, elle décida d'aller remettre à sa place le livre sur les passages secrets. Elle était en train de le ranger sur son rayon lorsque la voix d'Eliott la fit sursauter.

— Vous avez lu cet ouvrage? Letti doit vous avoir parlé du tunnel de Willowstone...

— Non. Il y en a un?

— Elle ne vous l'a pas dit? Il y en a un, oui... et qui m'intrigue beaucoup. Lorsque le manoir a été rénové, je l'ai conservé en l'état par curiosité. On m'a raconté que le premier propriétaire de la maison l'avait fait construire par peur de se retrouver prisonnier chez lui en cas d'intrusion de malfaiteurs ou en cas de guerre. Aimeriez-vous le voir?

Sandra frémissait d'impatience, mais comme elle ne voulait pas lui montrer à quel point cela l'intéressait, elle répondit simplement :

— Oui, volontiers.

— Il est ici, dans la bibliothèque. C'est très ingénieux, expliqua-t-il en enlevant quelques livres d'un rayon à hauteur d'épaule. On raconte que pendant la guerre de Sécession, des soldats s'y sont cachés. J'ai essayé d'en trouver la preuve, mais j'ai seulement réussi à rencontrer des gens qui avaient des parents qui en avaient entendu parler, etc.

Il pressa un bouton à peine visible et fit glisser un panneau qui ressemblait tout à fait aux autres.

— Vous vous intéressez au passé? demanda Sandra, stupéfaite qu'ils partagent un même goût.

— Enormément.

Elle aurait dû s'en douter lorsqu'il lui avait raconté l'histoire des barbes espagnols.

Elle se pencha vers le trou noir et mystérieux où on distinguait à peine quelques marches qui descendaient dans les ténèbres.

— Je vais chercher une lampe, si cela vous tente de l'explorer.

— Oh oui, Eliott! J'aimerais beaucoup. Les passages secrets décrits dans ce livre ont tous une histoire tellement passionnante!

Il revint bientôt avec une lampe de poche.

— Par ici, et faites attention. Il fait très sombre et les marches sont traîtres. Personne ne les a empruntées depuis fort longtemps. Je passe devant avec la lampe. Retenez-vous à mon épaule en descendant.

Elle lui obéit et le suivit. C'était si angoissant qu'elle en avait la chair de poule. Le petit faisceau lumineux d'Eliott éclairait à peine les murs de terre soutenus par des grosses poutres de bois. Lorsqu'ils atteignirent la dernière marche, elle lui lâcha l'épaule.

— Où le tunnel ressort-il? demanda-t-elle à l'instant même où elle sentit un frôlement contre sa joue.

Elle étouffa un petit cri.

— Qu'y a-t-il, vous avez peur?

— Bien sûr que non, répondit-elle, le cœur battant. Mais, quelque chose... quelque chose vient de me frôler.

— Oh! Des toiles d'araignées!

– Je voulais savoir où conduit ce tunnel, insista-t-elle en s'efforçant de raffermir sa voix.

– Dans l'écurie! C'est très astucieux, il n'y avait plus qu'à monter en selle et à fuir!

– En effet.

Plus ils descendaient, plus l'atmosphère raréfiée devenait humide et froide. Sandra frissonna, regrettant de ne pas avoir mis un manteau. Elle entendit bouger. Une souris, un rat? Cette fois, elle ne put retenir un cri et recula d'un pas. Eliott lui prit la main et l'attira plus près de lui. Sa présence la rassura, bien qu'elle se sentît proche de la panique, poussée d'une manière incontrôlable à se sauver pour retrouver la sécurité de la bibliothèque.

– Tout va bien, murmura Eliott. Je vous croyais intrépide, capable de vous débrouiller toute seule en toutes circonstances?

– J'ai... j'ai eu peur, bégaya-t-elle, j'ai cru voir bouger un animal...

Elle avala avec peine. Ainsi, il la croyait intrépide? Eh bien, elle avait les jambes en coton et l'estomac noué!

– Mais vous tremblez! Vous avez réellement peur?

– Non, j'ai... j'ai seulement froid.

– Je suis désolé, Sandra. Evidemment, j'aurais dû vous dire de prendre un manteau. J'ai pensé que votre pull était assez chaud.

Il se tourna vers elle et, mettant un bras autour de ses épaules, il la serra contre lui. Le trouble qui envahit alors Sandra lui parut encore plus dangereux que le tunnel lui-même. Néanmoins, elle lui passa le bras autour de la taille et ils parcoururent ainsi le reste du couloir. En apparence, elle ne tremblait plus, mais intérieurement... elle était en plein désarroi, incapable de comprendre pourquoi la proximité d'Eliott lui faisait un tel effet. Quoi qu'il en soit, elle oublia l'obscurité humide et menaçante qui l'environnait.

Enfin, passant devant elle, il lui donna la main pour l'aider à monter quelques marches. Il faisait un peu plus clair. Eliott souleva un levier: ils étaient dans la grange. Des planches s'écartèrent automatiquement et ils débouchèrent dans l'écurie, Ô combien réconfortante. Les chevaux hennissaient doucement, mais Sandra eut à nouveau froid lorsque Eliott lâcha sa main pour lui montrer comme le panneau mobile était bien camouflé. Il le remit en place de sorte qu'il était vraiment impossible de le discerner des autres planches formant la paroi de l'écurie.

– C'est passionnant! dit-elle, maintenant qu'elle en était sortie saine et sauve. Merci de me l'avoir montré, murmura-t-elle sans oser le regarder tellement forte était son envie – absurde, folle – qu'il la prenne dans ses bras et qu'il l'embrasse. Elle frissonna de nouveau lorsque, lui relevant le menton, il plongea son regard dans le sien.

– Vous avez encore froid, constata-t-il en l'attirant contre lui et en lui frictionnant le dos.

Il allait sûrement l'embrasser... Mais non, il se détourna en grommelant :

– Il vaut mieux rentrer, maintenant.

Elle avait froid, oui, mais seulement parce qu'il la privait de sa chaleur. Elle aurait aimé qu'il lui reprenne la main, mais elle ne se risqua pas à le demander et le suivit en silence. De retour à la bibliothèque, il offrit de lui raconter ce qui concernait la construction de ce tunnel. Ravie de rester avec lui, elle écouta avec le plus grand intérêt. Au moment où il allait reprendre le fameux livre pour lui montrer qu'un tunnel similaire y était décrit, le téléphone sonna.

– Excusez-moi, ce ne sera pas long, c'est un appel que j'attendais.

Il répondit aimablement, mais, presque immédiatement, il se tourna vers Sandra et lui dit d'une voix mordante :

– C'est pour vous. N'occupez pas la ligne tout l'après-midi, j'attends une communication importante.

– Allô! dit-elle, mécontente d'être dérangée à un moment aussi inopportun.

C'était Brent qui voulait savoir si elle avait bien

dormi et si elle pensait à lui. Elle se sentit de plus en plus gênée lorsqu'il commença à lui murmurer des mots doux car Eliott restait planté devant elle, visiblement peu disposé à se montrer discret. Elle couvrit le combiné de la main et chuchota :

— Ça vous ennuierait beaucoup de me laisser parler avec Brent?

— Vous pouvez aller sur la lune avec lui, si ça vous chante! grogna-t-il.

Sandra lui tourna le dos et expliqua à Brent :

— Je suis désolée, mais nous devons raccrocher car Eliott attend un coup de fil. Vous pourriez me rappeler plus tard? Au revoir!

Elle reposa le combiné aussi violemment que s'il était responsable de sa mauvaise humeur et retourna vers l'entrée du passage secret. Il était refermé et il était impossible de deviner quel était le panneau mobile. Eliott avait disparu. Haussant les épaules, Sandra alla allumer la télévision. Que fallait-il faire pour éviter qu'à chaque instant il ne se mette en colère contre elle? Elle aurait tout aussi bien pu continuer à bavarder avec Brent. Elle se répéta en souriant les mots doux qu'il lui avait dits. Lui, au moins, était aimable. Et pas cruel, injuste, volage et imprévisible! Elle décida de demander à Ruth des détails au sujet de ses relations passées avec Casaundra.

Le vendredi suivant, dans l'après-midi, elle se rendit très tôt à la clinique afin d'avoir une chance de bavarder avec Ruth. Mais Brent l'avait devancée.

— Bonjour tout le monde!

— Bonjour, répondit Ruth.

— Bonjour, beauté, vous êtes en avance. Vous étiez impatiente de me revoir, c'est ça?

Il sourit avec fatuité et Sandra rougit en regardant Ruth d'un air gêné.

— Je suis désolé de n'avoir pas pu vous rappeler, hier, poursuivit-il, mais j'étais trop occupé. Eliott a-t-il finalement eu son appel?

— Je n'en sais rien, répondit-elle en se frictionnant les bras. Il fait froid, aujourd'hui, vous ne trouvez pas?

— On dirait qu'il va neiger, commenta Ruth.

La sonnette tinta, annonçant l'arrivée des premiers clients.

— Au boulot! déclara Brent. Eux aussi arrivent tôt!

Il entraîna Sandra dans la salle d'examens et elle enfila sa blouse. A genoux près d'une cage, Brent la dévorait du regard et, en se relevant, il l'embrassa rapidement. Comme Sandra ne put cacher sa surprise, il éclata de rire.

— A quoi pensiez-vous, ma beauté?

— A rien, mentit-elle en détournant les yeux, car elle pensait à Eliott en train de jouer avec Asphalte dans la bibliothèque.

— Je ne crois pas vous avoir dit que vous étiez la plus belle de toutes, l'autre soir, murmura-t-il en la prenant par la taille et en l'attirant à lui. Je crois bien que vous m'avez volé mon cœur!

Essayant de cacher sa confusion et de se libérer avec grâce, Sandra eut un petit rire désinvolte et répliqua:

— Mais vous me connaissez à peine!

— Je sais, et je compte bien y remédier. J'aimerais vous présenter à mes parents.

Elle ne sut que répondre; au moment où il allait la reprendre dans ses bras, le téléphone sonna. Au grand soulagement de Sandra, Ruth entra dans la pièce.

— Il y a une urgence à la ferme de M. Anderson, docteur. Un de ses cochons. Je lui ai dit que vous y seriez dès que possible.

— Merci, Ruth. Expliquez la situation à ceux qui attendent déjà et mettez sur la porte le panneau indiquant que c'est fermé. Avec ce temps, je ne sais pas quand je reviendrai. Prenez toutes les deux votre journée. Je vous verrai demain.

Lorsqu'il eut enlevé sa blouse et quitté la pièce, Sandra se tourna vers Ruth.

— Vous êtes pressée?

— Non, puisque je devais être ici jusqu'à ce soir. Pourquoi me demandez-vous cela?

— J'espérais simplement que nous aurions une chance de bavarder. Vous vous souvenez, lorsque nous avons parlé de Brent qui sortait avec Casaundra avant qu'elle ne s'intéresse à Eliott...

— C'est vrai! Et j'avais dû m'interrompre parce que le docteur entrait! Venez chez moi. Il y a du café et du rosbif pour faire des sandwiches.

— Avec plaisir! répondit Sandra, enchantée.

Elle suivit la voiture de Ruth et dix minutes plus tard, elles atteignirent une grosse vieille maison transformée en appartements. L'intérieur de Ruth était sympathique et confortable, et elles s'installèrent au salon pendant que le café chauffait.

— A la manière dont il vous regarde, on dirait que le docteur est vraiment mordu! commença Ruth d'un air malicieux.

— Oui, j'ai peur qu'il n'aille infiniment trop vite pour mon goût!

— Il veut probablement s'assurer qu'Eliott ne vous accapare pas, vous aussi.

— Que voulez-vous dire?

— Eh bien, Brent sortait régulièrement avec Casaundra et il comptait l'épouser à la fin de ses études.

— C'était aussi sérieux que ça?

— Je le crois. Il était fou d'elle. Je me demande bien pourquoi... Ils étaient inséparables jusqu'au jour où elle l'a supplié de l'emmener avec lui chez Eliott pour jouer aux échecs. Elle disait qu'elle voulait le voir de près.

— Et je suppose qu'Eliott s'est laissé prendre à ses charmes et a décidé de se l'approprier? termina Sandra.

C'était bien dans son caractère. Elle fut tentée de poser des questions à son sujet, mais elle y renonça puisqu'elle était là pour se renseigner sur Brent.

— Oh! non, je ne crois pas qu'Eliott ait agi délibérément. Casaundra et lui ont simplement été immédiatement attirés l'un par l'autre. Elle est si belle! Mais, en fait, c'est votre père qui les a vraiment mis en contact. Elle était très jeune... elle avait environ dix-neuf ans, et elle venait de rentrer d'un pensionnat en Europe. Elle insista pour mettre en pratique ce qu'elle avait appris et, bien que la nouvelle école ne soit pas réellement en mesure d'employer une secrétaire, Allen pensa que l'argent et les relations mondaines de Casaundra inciteraient de riches jeunes filles à s'y inscrire. C'est pourquoi ils l'engagèrent, et très vite toute la ville sut qu'Eliott et elle formaient un couple... et Brent devenait la cinquième roue du carrosse!

– Il n'a pas protesté? Il ne s'est pas défendu?

– Si. Mais il n'est pas très combatif. Peu à peu, il a perdu son image de « presque fiancé » et il est resté leur ami à tous deux pendant toutes ces années. Certains pensent qu'il ne tenait pas tellement à Casaundra, mais moi je sais que si. Nous sommes allés à l'école ensemble, puis nous avons travaillé tous deux pour le vieux Dr Badger, et je sais qu'il en a été très malheureux. Mais... ajouta-t-elle en jouant avec sa montre-bracelet, je crois que la meilleure chose qui pouvait lui arriver était d'être débarrassé d'elle... Elle n'amène que des ennuis... pour tout le monde, insista-t-elle en regardant Sandra droit dans les yeux.

Celle-ci eut l'impression que Ruth essayait de la mettre en garde contre Casaundra. C'était idiot. Voilà que son imagination s'emballait à nouveau! Elle repensa à Brent.

Ce n'était pas un lutteur, mais il était bon et elle l'aimait bien. D'ailleurs, la vie avec lui devait être plus agréable qu'avec Eliott. Peut-être devrait-elle se mettre à penser à lui dans le sens qu'il souhaitait... Pendant un instant, elle joua avec l'idée de demander à Ruth si elle était au courant de ce qui s'était passé entre son père et Eliott, mais c'était trop risqué. Chaque fois qu'elle apprenait un nouveau détail, il était plus sordide que le précédent... Elle ne put se résoudre à le faire.

– Je vais chercher le café et faire les sandwiches, annonça Ruth en se levant.

Pendant qu'elle attendait son retour, Sandra examina la pièce et remarqua un petit échiquier.

– Vous jouez aux échecs, Ruth? cria-t-elle.

– Oui, j'adore ça! J'ai même battu votre M. Montaigne! dit-elle avec fierté en revenant avec un plateau.

– Non, ce n'est pas vrai?

– Mais si, je ne plaisante pas. J'ai appris avec le Dr Badger, qui d'ailleurs avait aussi entraîné Eliott et Brent. Nous avions un échiquier à la clinique et quand il y avait peu de clients, en hiver, nous passions des heures à jouer.

– Vous avez souvent battu Eliott?

– Non, pas souvent, mais cela m'est arrivé.

– M'apprendriez-vous?

– Mangeons d'abord. Et je serai ravie de vous enseigner les échecs. J'aime ce jeu presque autant qu'Eliott.

Ce ne fut que vers 8 heures du soir, après la tombée de la nuit, que Sandra se rendit compte de l'heure. Letti allait s'inquiéter, et puis elle ne pouvait s'éterniser chez Ruth. Elles avaient été si absorbées qu'elles n'avaient pas vu le temps passer. Grâce aux patientes explications de Ruth, Sandra avait rapidement compris les règles du jeu et découvert que celui-ci la passionnait et qu'elle était plutôt douée pour échafauder une stratégie et prévoir celle de l'adversaire. Elles n'avaient aucune envie de s'arrêter, mais convinrent de jouer un soir par semaine.

Il neigeait quand Sandra sortit. Un flot de souvenirs d'enfance la submergea: batailles de boules de neige et parties de luge... Elle se mit à danser au milieu des flocons et cria joyeusement à Ruth:

– Regardez! Il neige!

– Oui, faites attention en rentrant, Sandra. La neige est belle mais traître. Elle tient déjà sur les routes... qui vont être glissantes.

– Oh, ne vous inquiétez pas! Ce qui est beau ne peut être dangereux!

Elle se trompait. Un quart d'heure plus tard, elle ne pouvait plus distinguer ni les bords ni le milieu de la route déserte menant à Willowstone. Elle sentit les roues patiner, la voiture fit une embardée, sortit de la route et, avec un horrible grincement, s'immobilisa dans le fossé.

Elle resta là un instant sans bouger, abasourdie, le moteur tournant encore. Heureusement, elle n'était pas blessée. Elle pensa d'abord que quelqu'un la trouverait et l'aiderait, et elle attendit dans la voiture. Mais le temps passait, et le silence ouaté l'angoissait.

Elle tenta enfin d'ouvrir sa portière et découvrit avec horreur qu'elle était coincée. Prise au piège. Il lui fallut quelques secondes pour penser à sortir du côté du passager. Elle le fit avec précaution. La neige n'était pas encore très épaisse, mais elle tombait fort, et le sol était détrempé.

Glissant et s'enfonçant, elle fit le tour de la voiture et étudia la situation. Peut-être qu'en mettant plein gaz le moteur pourrait extirper l'auto du fossé? Elle s'installa de nouveau au volant et accéléra au maximum. Le moteur se mit à rugir mais rien ne bougea. Ressortant de la voiture, elle constata qu'au contraire les roues s'étaient encore enfoncées dans la neige.

« Si j'avais écouté Ruth! » gémit-elle intérieurement. Elle avait pourtant conduit aussi prudemment que possible dans ces conditions qui ne lui étaient pas familières. Il restait qu'elle était bloquée à quelque deux kilomètres de Willowstone, dans un endroit complètement désert. Que faire? Attendre ici, ou partir à pied avant qu'il ne fasse encore plus froid et que la neige ne devienne trop profonde? Elle maudit ses mocassins déjà trempés, resserra autour d'elle sa mince veste et examina la route dans les deux sens. La seule lumière visible était à l'intersection qu'elle avait passée peu de temps auparavant. Elle hésita à se diriger vers cette petite lueur. Quelqu'un passerait bien sur cette route et la verrait... Oui, mais ce n'était pas certain.

Elle frissonna. La silence de la nuit était angoissant et un bruit subit dans le champ voisin la fit sursauter. Réprimant un cri, elle se dit que c'était probablement une vache. Elle n'aurait pas dû s'attarder ainsi chez Ruth rien que pour apprendre à battre Eliott aux échecs. Même absent, cet homme lui portait encore malheur. Et comment lui avouerait-elle qu'elle avait abîmé sa voiture? Elle frissonna de plus belle.

Elle se glissa à nouveau dans la voiture, éteignit les phares et prit la clé de contact. Elle ne pouvait rester là, il fallait marcher. Willowstone n'était pas si loin.

Les phares éteints, il faisait totalement sombre. Une fois de plus, elle revint à la voiture chercher une lampe de poche. Elle finit par en dénicher une sous le siège.

Elle hésita encore puis se décida à rejoindre Willowstone par ses propres moyens. Cette neige qu'elle avait trouvée si belle rendait la route glissante. Etait-elle même certaine de suivre la route? Elle éclairait alternativement ce qu'elle pensait être le haut des haies enneigées de part et d'autre du chemin. Elle trébuchait sans cesse et faillit tomber plusieurs fois. Des formes blanches lui faisaient parfois si peur qu'elle se retenait pour ne pas crier. Elle était épuisée. N'ayant jamais été une grande marcheuse, cette lutte contre la neige lui faisait désespérer d'arriver jamais. Mais il était trop tard pour faire demi-tour.

Elle crut entendre le bruit d'un moteur et voulut se mettre à l'abri sur le bas-côté de la route, mais son pied glissa et elle tomba à plat ventre dans la neige poudreuse du fossé. Se relevant péniblement, elle revint sur la chaussée pour constater que la voiture entendue avait pris une autre direction... Des larmes de déception et de fatigue lui montèrent aux yeux. La neige dans laquelle elle était tombée avait trempé et glacé ses vêtements. Lorsqu'elle crut à nouveau entendre un moteur, elle se garda bien de trop s'écarter.

Ne serait-il pas imprudent de monter dans la voiture d'un étranger? Ne valait-il pas mieux continuer à pied? Soudain, le faisceau des phares de la voiture entendue l'emprisonna, et le véhicule s'arrêta. Le conducteur, qui lui sembla immense, se précipita vers elle, si menaçant et si rapide qu'elle braqua sa lampe de poche sur lui, complètement terrorisée.

Alors, ébloui, furieux, Eliott se mit à hurler :

– Mais qu'est-ce qui vous prend? Qu'est-ce que vous faites ici, à pied? Vous avez eu un accident?

– Oh, Eliott, je suis si contente de vous voir! s'écria-t-elle, trop épuisée pour réagir à sa colère et s'agrippant à lui de ses mains glacées.

Il la prit dans ses bras, la serra contre lui.

– Vous êtes trempée! Etes-vous blessée? Où étiez-vous? La clinique est fermée depuis des heures. J'ai téléphoné, puis j'y suis passé lorsqu'il a commencé à neiger. Où est l'auto?

Incapable de répondre à ce déluge de questions, Sandra le dévisagea, mais son expression était impénétrable. Sans plus attendre, il ouvrit la portière et la fit asseoir dans la voiture.

– Où est la Porsche, Sandra? répéta-t-il.

Elle aurait dû s'y attendre. Ce n'était pas pour elle qu'Eliott s'inquiétait, mais pour sa chère voiture! Ebranlée par toutes ses émotions, elle ne se contrôla plus et cria :

– Je ne suis pas blessée, au cas où cela vous intéresserait. Je me promène, je prends l'air! Tout simplement! Vous voyez?

Il la saisit par les épaules et la força à le regarder.

– Où est la voiture?

– Là-bas, au bord de la route. Sinon, je ne marcherais pas dans cette direction!

– Elle est dans le fossé?

– Oui.

– Alors, on peut la laisser là pour ce soir, déclara-t-il en redémarrant prudemment.

– Ne vous faites pas de souci pour votre précieuse voiture. Elle n'a pas grand mal, je crois. Elle a seulement glissé dans le fossé.

Changeant doucement de vitesse, il avança dans la neige de plus en plus haute et mit le chauffage.

Reconnaissante, Sandra se pencha en avant vers le souffle bienfaisant, tout en se demandant si Eliott, lui, ne se dégelait jamais. Son visage de pierre et son silence réprobateur lui mettaient les nerfs en boule. Elle n'en pouvait plus.

Pour comble de malheur, un véhicule était garé dans l'allée, devant Willowstone. Pour rien au monde, Sandra ne voulait voir quelqu'un d'autre ce soir. Elle ne désirait que se réfugier dans sa chambre. Sans attendre l'aide d'Eliott, elle bondit vers la maison, ouvrit la porte à toute volée... et tomba dans les bras de Brent.

– Sandra! s'exclama-t-il avec inquiétude. Qu'est-il arrivé?

Elle le regarda et songea aussitôt à ses cheveux emmêlés, ses vêtements trempés...

– Oh, Brent, souffla-t-elle en s'accrochant à lui comme il la prenait dans ses bras, la voiture a dérapé, je... je n'avais jamais conduit dans la neige et...

A bout de forces, elle éclata en sanglots.

– Vous n'avez rien? demanda-t-il anxieusement en écartant une mèche de cheveux mouillée qui retombait sur ses yeux.

– Non, elle n'a rien! aboya Eliott qui venait d'entrer. Montez dans votre chambre, Sandra, et prenez un bain chaud avant d'attraper une pneumonie.

– Un instant, intervint Brent, j'aimerais savoir ce qui s'est passé.

– Ça ne te regarde pas, Brent! Tu es invité ici pour dîner et pour jouer aux échecs, pas pour t'occuper de ma protégée.

– Je ne me mêle pas de ce qui ne me regarde pas, Eliott! Mais il se trouve que j'aime Sandra et que j'ai l'intention de l'épouser.

Sandra ne fut pas moins surprise qu'Eliott, qui fixa Brent avec incrédulité.

– Il se trouve que quoi?

– Que j'aime Sandra!

Les regardant alternativement tous les deux, Sandra éprouvait maintenant autant de rage envers Brent qu'envers Eliott. Il aurait vraiment pu lui en parler d'abord. Il serait pour le moins étonné d'apprendre qu'elle ne l'aimait pas!

– Tu dois avoir perdu la tête, Brent! lança Eliott avec un rire sarcastique. Tu ne connais pas Sandra depuis assez longtemps pour t'engager ainsi définitivement. Et Sandra n'est certainement pas non plus prête à cela! (Il haussa les épaules comme s'il s'agissait d'une plaisanterie ridicule.) Allons, viens prendre un verre, nous en avons besoin. Sandra, allez vous changer!

De plus en plus en colère, perdant tout contrôle d'elle-même à la suite des émotions de la soirée et des révélations qu'elle venait d'entendre, elle répondit avec une violence dont elle ne se serait pas crue capable :

– J'irai quand cela me plaira. Ne croyez pas que, parce que je vis sous votre toit, vous pouvez me donner sans cesse des ordres! Je suis parfaitement capable de prendre les décisions qui me concernent. Et ma vie sentimentale ne vous regarde pas...

– Allez-vous monter, maintenant? hurla Eliott, un doigt pointé vers l'escalier.

– Non!

Rapide comme l'éclair, il la prit sous son bras et la monta au premier comme si elle avait été un sac de pommes de terre.

– Posez-moi à terre! Lâchez-moi! hurla-t-elle en donnant des coups de pied de tous côtés. Brent, à l'aide!

– Eliott, laisse-la! dit faiblement le vétérinaire très gêné.

Sandra constata avec mépris qu'il ne bougeait pas d'un pouce. Eliott continua jusqu'à sa chambre où il la posa à terre en lui ordonnant :

– Allez, prenez vite un bain et mettez des vêtements secs!

– Monstre! Cessez de me brimer! Pour qui vous prenez-vous, à la fin? Sortez de ma chambre, je ne suis pas votre possession!

Il lui arracha sa veste trempée.

– Arrêtez! cria-t-elle en se débattant, car maintenant il saisissait son pull et le lui passait par-dessus la tête.

Dans le feu de la lutte, son soutien-gorge se dégrafa.

– Laissez-moi, je vais continuer seule! Laissez-moi!

– Alors, faites ce que je vous dis! lança-t-il en quittant la pièce après un dernier regard sévère.

Le cœur battant, elle finit de se dévêtir d'une main tremblante et se hâta vers la salle de bains.

9

Claquant des dents – était-ce le froid ou les émotions des dernières heures? – Sandra se plongea dans l'eau chaude et apaisante du bain. Elle était encore sous le coup de la scène qui venait de se passer en bas, et elle aurait souhaité ne jamais revoir ces deux hommes. Au bout d'un très long moment, elle sortit de la baignoire, s'enveloppa dans une serviette et sécha ses cheveux avec son petit séchoir électrique. Elle serait volontiers restée là plus longtemps mais on frappa à sa porte.

Craignant que ce ne soit Eliott, elle ouvrit avec circonspection. C'était Letti avec sa bonne figure rebondie, qui lui souriait affectueusement.

– Vous avez eu un accident, mon petit? Ça va mieux?

– Oh! Letti, vous m'avez fait si peur. J'ai cru que c'était Eliott... Je vais très bien.

– Il vaudrait mieux vous habiller et descendre. Ça vous fera du bien de manger.

– Honnêtement, je ne pourrai rien avaler...

– Vous avez besoin de reprendre des forces. Vous vous sentirez mieux. D'ailleurs, Eliott...

– ... m'attend pour dîner et il déteste ça!

Cet homme ne s'inquiétait-il vraiment jamais de ce que les autres pouvaient ressentir? Ne se rendait-il pas compte de ce qu'elle avait subi ce soir?

Ne comprenait-il pas qu'elle était à bout de forces, physiquement et moralement?

— Mettez quelque chose de chaud et venez! l'encouragea Letti.

A contrecœur, Sandra enfila une robe orange à manches longues, très simple mais chaude. Ayant retrouvé son apparence normale, elle se sentait plus forte pour affronter les deux hommes. Elle mit des chaussures à talons plats et suivit Letti.

Elle fut étonnée de trouver Brent et Eliott en grande conversation, comme si rien ne s'était passé. Elle aurait bien aimé savoir ce qu'ils s'étaient dit en son absence. Elle s'assit près de Brent qui lui demanda avec un sourire plein de sympathie :

— Vous sentez-vous mieux, maintenant?

— Oui, merci, répondit-elle en lui souriant elle aussi. (Se souvenant qu'il avait dit qu'il l'aimait, tout à l'heure, dans le hall, elle chercha comment poursuivre la conversation sur un terrain neutre.) J'ignorais que vous veniez dîner ce soir, Brent.

— C'est ce que j'ai compris en vous voyant entrer. J'ai oublié de vous en parler ce matin. Eliott m'a invité au début de la semaine, mais je n'étais pas certain de pouvoir venir. Nous passons souvent la soirée ensemble pour jouer aux échecs.

Très surprise, Sandra le dévisagea. Etait-il possible qu'une heure plus tôt, à peine, ces deux hommes aient été près d'en venir aux mains?

— Ah bon! murmura-t-elle. Est-ce que... le cochon est-il sauvé?

— Oui.

Elle se tourna vers Eliott qui semblait attendre ce moment.

— Alors, Sandra, êtes-vous remise, maintenant?

— Oui, bien sûr, répliqua-t-elle avec hauteur en détournant le regard.

Bientôt Letti apporta les plats et Sandra découvrit que, malgré tout, elle avait une faim de loup.

Letti se joignit à eux pour le repas et la conversation devint plus détendue. Après le café et une délicieuse tarte aux cerises, Eliott et Brent se retirèrent à la bibliothèque pour jouer aux échecs et

Sandra resta seule avec ses pensées. Elle trouvait étonnant que les sentiments de Brent se soient ainsi refroidis pendant sa brève absence; d'un autre côté, elle aurait été très gênée qu'il reparle de son amour pour elle. Eliott s'en était certainement mêlé.

Soulagée de ne plus être le centre d'intérêt, elle alla observer leur partie. Elle était décidée à ne dire à Eliott qu'elle savait jouer que lorsqu'elle se sentirait assez expérimentée pour avoir une chance de le battre.

Après quelques parties qu'il perdit systématiquement, Brent se leva pour aller voir où en était l'enneigement de la route. Il décida qu'avec sa jeep il ne risquait rien et, remerciant Eliott pour la soirée, il se dirigea vers la porte en faisant signe à Sandra de le suivre.

Elle obéit, très embarrassée par le regard d'Eliott.

— Reposez-vous bien et à demain matin, murmura Brent en l'attirant à lui pour l'embrasser rapidement.

Sandra, qui ne pouvait oublier qu'Eliott les épiait de la bibliothèque, se libéra très vite de son étreinte.

— Bonsoir, Brent, soyez prudent. Je peux vous assurer que ça glisse!

— Bonsoir, ma beauté, chuchota-t-il en posant ses lèvres sur son front.

Dès qu'il fut parti, Sandra s'enfuit vers sa chambre et se coucha rapidement. Après une soirée aussi mouvementée, son lit lui semblait un vrai paradis. Elle se blottit sous les couvertures et ne tarda pas à sombrer dans l'inconscience.

Un coup impérieux frappé à sa porte la réveilla en sursaut. Elle enfila ses pantoufles de fourrure et alla entrouvrir la porte.

— Oui? demanda-t-elle à Eliott debout sur le palier.

— Vous avez oublié de me dire bonsoir, Sandra.

— Bonsoir! lança-t-elle en repoussant la porte, mais il fut plus rapide qu'elle.

– Vous ne m'êtes pas reconnaissante de vous avoir secourue? ironisa-t-il.

– Si. Merci!

– Ce n'est pas suffisant. Ouvrez cette porte!

– Pourquoi?

– Parce que je vous le demande.

– Il est tard et je suis très fatiguée.

– J'ai besoin de vous parler.

– Demain matin!

Il poussa brusquement la porte avec une telle force qu'elle dut reculer.

– Je déteste ces petits jeux, Sandra. J'ai dit que je voulais vous parler et j'ai l'intention de le faire.

Elle recula vers son lit sur lequel elle s'assit. Et, serrant son oreiller contre elle comme un bouclier, elle dévisagea Eliott.

– De quoi voulez-vous me parler?

– De vous, Sandra. De vous. Depuis votre arrivée, plus rien ne va dans cette maison. Rien. Et maintenant, je découvre que vous vous croyez amoureuse de Brent...

C'était faux, mais elle n'allait pas donner à Eliott le plaisir de l'apprendre.

– Je n'ai jamais demandé à venir ici, Eliott. En fait, j'étais contre cette idée, si vous voulez bien vous en souvenir. C'était la vôtre, et celle de ma mère. J'avais cru comprendre que vous teniez absolument à vous charger de mes études.

Il rit doucement mais, dans le silence de la nuit, son rire parut très fort. Il se leva et marcha vers elle.

– Ah, ma chère, je ne me doutais pas que je m'embarquais dans une tâche pareille, murmura-t-il d'un air étrange. Mais je ne regrette rien. Je veux préparer votre avenir et je le ferai. Ce qui m'inquiète, c'est votre brusque intérêt pour Brent. Il risque de bousculer mes plans et je ne peux le tolérer. Comment est-ce arrivé si vite?

– Ça ne vous regarde pas!

– Désolé, mais ça me regarde. Je ne crois pas que vous aimiez Brent.

– Que savez-vous de l'amour, Eliott?

Il s'assit à côté d'elle sur le lit, et la gorge de Sandra se noua d'appréhension.

– J'en sais assez pour voir que vous n'êtes pas amoureuse de Brent Haggerman.

– Permettez-moi d'en douter!

Brusquement, il lui arracha son oreiller, la prit dans ses bras et l'écrasa contre sa poitrine musclée. Le souffle coupé, elle sentit une vague de désir la parcourir. Il inclina la tête vers elle et ses lèvres chaudes s'emparèrent des siennes, caressantes d'abord, puis impérieuses, forçant la bouche de Sandra à s'ouvrir, et l'explorant avec une sauvagerie et une dextérité qu'elle n'avait encore jamais rencontrées. Sous l'effet de la surprise, elle résista frénétiquement et tenta de se débattre, mais Eliott lui tenait la tête d'une main et elle était totalement prisonnière. Chacun de ses mouvements déclenchait en elle une nouvelle onde de plaisir. Il caressa langoureusement le creux de ses reins, puis sa main glissa vers sa poitrine. Incapable de résistance, Sandra avait l'impression de se fondre en lui jusqu'à ne faire plus qu'un seul corps. A son tour, elle lui caressa les cheveux, la nuque et le dos, l'attirant contre elle. Ses lèvres prirent vie et elle lui rendit son baiser avec une ardeur passionnée.

Son corps épousant étroitement le sien, Eliott l'allongea avec tendresse sur le lit et se pencha sur elle. Elle posa les mains sur son dos musclé et lui tendit ses lèvres. Le regard brûlant d'Eliott plongea dans ses yeux, et bientôt, il dit d'une voix rauque :

– Je savais bien que vous n'étiez pas amoureuse de Brent!

Sur ce, il se leva et quitta la pièce sans un mot de plus.

– Je vous déteste, Eliott, hurla-t-elle. Je vous déteste!

La porte claqua et elle se retrouva seule. Epuisée par toutes ces émotions contradictoires, humiliée, elle se glissa sous les couvertures, enfouit son visage dans l'oreiller et fondit en larmes. Il fallait bien qu'elle s'avoue la vérité : elle n'aimait pas

Brent. C'était d'Eliott qu'elle était follement amoureuse. Eliott qui lui briserait le cœur...

Sandra s'agita dans son sommeil. Elle rêvait que des lèvres douces comme des plumes l'effleuraient et la chatouillaient sensuellement. L'homme à qui elles appartenaient ressemblait à Eliott, et ses caresses étaient merveilleusement agréables. Elle s'étira, un sourire sur les lèvres. Ouvrant enfin les yeux, elle eut un choc qui la réveilla complètement.

— Eliott, que faites-vous ici? s'exclama-t-elle, pensant soudain qu'elle n'avait pas rêvé mais qu'il l'avait réellement embrassée. (Ecartant cette ridicule supposition, elle le foudroya du regard.) Vous avez du toupet! Ne savez-vous pas qu'on respecte l'intimité d'une femme?

— Mais cette femme doit m'aider à retrouver une voiture!

— Oh! s'écria-t-elle, ayant complètement oublié ses mésaventures de la veille. Mais je dois aller à la clinique!

— Non, j'ai appelé Brent pour l'avertir que vous seriez absente aujourd'hui.

— Ah, bon. Je vais m'habiller, soupira-t-elle, résignée.

Le regard sombre d'Eliott parcourut sa tête ébouriffée, ses grands yeux bleus tout ensommeillés et sa bouche encore teintée d'un reste de rouge à lèvres. Mal à son aise, elle se passa la main dans les cheveux et demanda:

— Vous voulez que je me prépare, oui ou non?

— Comme il vous plaira! plaisanta-t-il avec un large sourire.

— Alors, sortez d'ici, lança-t-elle, irritée par sa muflerie mais troublée par la vue de ses lèvres qui lui rappelaient le baiser passionné de la veille.

— Je me demande... réfléchit-il tout haut. Si j'étais Brent, me chasseriez-vous aussi énergiquement?

— Goujat! lança-t-elle. Sortez de ma chambre!

Elle leva la main pour le gifler, mais son mouvement fit glisser le drap et découvrit la naissance de sa gorge que son décolleté en pointe révélait. Sous le regard insistant d'Eliott, elle remonta vite le drap et hurla :

— Vous manquez des bonnes manières les plus élémentaires!

Il sourit avec une désinvolture qui la mit hors d'elle, lui pinça amicalement le bout du nez et s'en alla à grandes enjambées.

Au comble de la rage, elle sauta de son lit. Et c'était cet homme horrible qu'elle aimait! Cet homme sauvage, cruel, narquois, cynique et elle en passait! Ah, si elle ne l'avait jamais rencontré, si elle n'avait jamais conduit sa voiture, et surtout si elle n'était pas tombée dans ce fossé!

En prévision du froid, elle enfila un jean, un gros pull-over et ses bottes de cow-boy. Eliott avait intérêt à ne pas se moquer d'elle, car elle n'était pas d'humeur à en supporter davantage. Elle fit irruption dans la salle à manger, prête à lui· tenir tête, mais il n'était pas là. Elle passa à la cuisine où Letti était en train de faire sauter dans une poêle du jambon de campagne et des pommes vertes.

— Oh, Letti, comme ça sent bon! dit Sandra, ragaillardie par la perspective d'un bon déjeuner.

Elle s'approcha de la gouvernante et regarda par-dessus son épaule. Letti se tourna vers elle, le nez rouge et les yeux larmoyants.

— Oh, bonjour Sandra, nasilla-t-elle. Moi je ne sens rien du tout, j'ai un rhume terrible et mon nez est bouché!

— Je suis désolée! Retournez vite vous coucher, je vais terminer ceci et je vous monterai un plateau.

— Non, mon petit, c'est mon travail et j'y arriverai.

— Vous aussi, vous êtes plus têtue qu'une mule, Letti! Montez et laissez-moi faire, dit-elle en lui prenant la fourchette des mains et en retournant les tranches de jambon.

Letti passa une main tremblante sur son visage ridé et avoua :

— En fait, j'ai l'impression qu'un troupeau de

chevaux m'est passé dessus. Je ne me suis jamais sentie aussi mal. Si vraiment ça ne vous ennuie pas, je serais bien contente de retourner au lit.

– Je vous monte votre plateau dans un instant, avec une bonne tasse de café brûlant, lui annonça Sandra en lui tapotant affectueusement l'épaule.

– Merci, murmura Letti en quittant la pièce, son corps si rond secoué par les éternuements.

Retournant au fourneau, Sandra remua les pommes et huma la bonne odeur des tranches de jambon grillé.

– Eh bien, mademoiselle Hawthorne, j'ignorais vos talents culinaires!

– Si vous voulez bien attendre à la salle à manger, Eliott, je vous apporte votre petit déjeuner dans un instant. Letti a un énorme rhume. Elle est montée se recoucher.

– Ah, c'est très ennuyeux pour tout le monde! ironisa-t-il. Je prévois que si sa maladie se prolonge, nous allons tous devoir nous mettre à la diète!

– Je suis une très bonne cuisinière, répliqua Sandra, irritée qu'il ne trouve jamais rien d'aimable à lui dire.

– Comme vous êtes une bonne cavalière, une bonne danseuse et une bonne conductrice?

– Exactement, répondit-elle avec une douceur feinte. Vous n'avez rien à redouter pour ce matin, Letti avait déjà tout préparé quand je suis descendue. Je termine simplement.

– Je suis heureux de l'apprendre, fit-il.

Il se rendit à la salle à manger et, le suivant des yeux, Sandra fut prise d'une impulsion malicieuse. Elle servit deux assiettes, pour Letti et pour elle-même, et les disposa sur un plateau avec deux tasses de café. Laissant la part d'Eliott mijoter sur un feu très doux, elle monta chez Letti. En traversant la salle à manger, elle lança à Eliott qui lisait son journal :

– Je reviens tout de suite!

– Avez-vous servi son déjeuner à Eliott? lui demanda Letti en prenant le plateau.

132

– Il est en train de lire, répondit Sandra, mais son repas sera prêt dès qu'il le voudra.

Elle mangea au chevet de Letti, qui n'avait guère d'appétit. Puis elle la quitta et redescendit calmement.

– Alors, et mon petit déjeuner? s'impatienta Eliott lorsqu'elle retraversa la salle à manger.

– Oh, je l'ai complètement oublié! s'exclama-t-elle d'un air catastrophé.

Enchantée de lui avoir joué ce mauvais tour, elle continua vers la cuisine et constata que le jambon était maintenant tout durci, presque noir sur les bords, et que les pommes s'étaient ratatinées en un petit tas de purée brunâtre.

Elle mit le tout dans une assiette qu'elle apporta à la salle à manger en chantonnant.

– Voilà! annonça-t-elle en posant fièrement devant lui cette nourriture peu appétissante. C'est... c'est un peu trop cuit, ajouta-t-elle d'un air contrit, j'espère que ça ne vous fait rien?

Muet de dégoût, Eliott contemplait ce désastre et Sandra devinait sans peine ses pensées. Elle attendait les critiques mais rien ne vint. Etonnée, elle se dit que même Eliott était à court de sarcasmes devant une femme aussi peu dégourdie.

Elle s'assit en souriant gaiement et tendit la main vers le journal pendant qu'Eliott prenait sa fourchette.

Avec beaucoup de café, il réussit à avaler une partie de son repas sous l'œil goguenard de Sandra. Finalement, il annonça qu'il n'avait plus faim et elle emporta rapidement son assiette qu'elle mit dans le lave-vaisselle avec les autres. Lorsqu'elle revint, Eliott était prêt à partir.

Sur le perron, ils découvrirent un paysage complètement blanc. George Willis avait déblayé l'allée et ils purent atteindre le garage sans peine. Bien qu'il n'y ait que quelques centimètres de neige, la route était très glissante, et Sandra remarqua que George avait mis les chaînes à la voiture bleue.

Il lui fut très difficile de retrouver exactement l'endroit où elle était sortie de la route. Tout avait l'air tellement différent au grand jour! Mais Eliott retourna à l'endroit où il l'avait trouvée et, à partir de là, ils regardèrent très attentivement le bas-côté. A environ trois kilomètres de Willowstone, ils virent enfin la Porsche qui avait tout d'un ours blanc blotti sous la neige.

– Stop, elle est là! cria Sandra comme ils allaient la dépasser.

– Oui, mais que voulez-vous que j'en fasse?

– Si vous comptez la laisser là, alors pourquoi êtes-vous venu la chercher?

– Pour pouvoir téléphoner à un dépanneur et lui indiquer où elle se trouve. Vous ne pensiez pas que j'allais la remorquer moi-même?

– Oh, vous aviez l'air tellement inquiet à son sujet, hier soir, que cela ne m'aurait pas étonnée...

– Ce n'était pas la voiture elle-même qui me préoccupait. C'était le risque qu'elle pouvait faire courir à d'autres automobilistes qui auraient pu lui rentrer dedans et se tuer. C'est pour ça que je vous ai demandé où elle était et si elle était tout à fait à l'écart de la route.

– Ah, murmura-t-elle, gênée, se rendant compte qu'elle l'avait mal jugé.

Contemplant le paysage enchanteur, elle se demandait où Eliott l'emmenait maintenant que le problème de la voiture était réglé et le sujet clos, à son grand soulagement.

Il se dirigea vers la campagne, laissant derrière eux des maisons à moitié ensevelies et prenant une petite route isolée qui traversait la forêt enneigée.

– Ne vous inquiétez pas, précisa-t-il après l'avoir regardée à la dérobée. Les chasse-neige sont passés ce matin sur toutes les routes. La voiture est équipée. Nous ne risquons rien.

Sandra le regarda avec étonnement car elle était tellement occupée à admirer le paysage qu'elle n'avait pas pensé aux conditions de la route. D'ailleurs, quelle que soit son opinion d'Eliott Montaigne, elle était sûre qu'il était capable de se sortir de tous les mauvais pas. Il lui avait prouvé depuis longtemps qu'il ne s'inclinait devant rien ni personne. Elle songea avec un certain plaisir que même une femme de la trempe de Casaundra pourrait découvrir un jour qu'un tel homme était capable de lui rogner les ailes.

Eliott lui sourit et, une fois de plus, Sandra dut s'avouer qu'il était terriblement séduisant. Et, le cœur serré, elle se dit qu'elle l'aimait mais que jamais il ne lui rendrait son amour.

— Je n'ai pas peur! dit-elle enfin.

— Bon. J'adore conduire à travers la campagne après une belle chute de neige, dans tout ce blanc...

— Oui, c'est magnifique, confirma-t-elle en regardant défiler le paysage gelé, le froid extérieur augmentant la sensation de confort et de chaleur que donnait la voiture.

Eliott la regardait sans cesse à la dérobée, tout en surveillant attentivement la route. Bientôt, un chemin encore plus étroit les amena devant un vieux moulin en ruine au bord d'un ruisseau gelé. Il arrêta la voiture et, allongeant son bras le long du dossier de Sandra, il se tourna vers elle et lui demanda à brûle-pourpoint :

— Eh bien, vous êtes-vous réhabituée à Danville? Ici, le rythme de la vie est plus calme que celui que vous avez connu ces dernières années, mais la région a aussi ses charmes, n'est-ce pas?

— Oui, effectivement, répondit-elle la gorge serrée, troublée par la question d'Eliott et souhaitant désespérément qu'il lui demande de rester à Danville.

— Je pourrais établir mes bureaux dans n'importe laquelle des grandes villes où j'ai ouvert des écoles, mais je préfère rester ici. Mes racines sudistes sont trop fortes. (Après l'avoir regardée un moment en silence, il ajouta :) Mais ce n'est pas de mon avenir que je veux vous parler. C'est du vôtre. Nous devons y penser sérieusement.

Sandra hocha affirmativement la tête. Comment lui dire qu'elle ne voulait pas y penser aujourd'hui — du moins, pas à sa carrière —, dans ce paysage de conte de fées et en sa compagnie? Elle regretta soudain que leurs rapports aient débuté sous de si mauvais auspices. S'ils s'étaient rencontrés à un autre moment, en d'autres circonstances, peut-être lui aussi l'aurait-il aimée? Evidemment, il fallait bien tenir compte de la présence de Casaundra dans sa vie.

Eliott l'observa un instant, comme s'il attendait une réponse, mais devant son silence il se détourna et remit le moteur en marche. Au lieu de rentrer à Willowstone, il prit une autre petite route déserte qui les conduisit à un vieux bâtiment en bois. Voyant du bétail massé dans des enclos, Sandra fut prise de pitié.

— Regardez ces pauvres bêtes. Elles doivent avoir horriblement froid dans cette neige.

— C'est pour les voir que nous sommes ici. C'est un abattoir.

— Un abattoir... mais pourquoi?

— Vous voulez être vétérinaire, non? C'est une des choses que vous rencontrerez au cours de vos études. Il faudra apprendre tous les aspects du métier, vous savez, pas seulement les plus agréables.

Livide, la gorge sèche, Sandra le dévisagea. Elle mourrait plutôt que de voir abattre ces animaux. Son cœur se serrait rien que d'y penser. Il fallait absolument qu'elle trouve le courage de dire à Eliott qu'elle avait abandonné ce projet. Il le fallait, mais ce n'était pas le bon moment, surtout après ce qui s'était passé la veille. Elle devrait bien le lui avouer, mais elle voulait d'abord se préparer à l'affronter.

— Ne restez pas assise là! Venez!

Cet ordre lui rappela le jour où, sous le regard hostile de Casaundra, elle avait attendu qu'Eliott l'aide à descendre de cheval. Une nouvelle vague de haine l'envahit. Il l'avait amenée dans cet horrible endroit sans même lui demander son avis. Comme il la tirait par la main, elle tenta de se libérer, mais il tint bon :

— Allons, venez! Où est votre bel enthousiasme? Vous ne l'avez pas perdu, j'espère?

Il lui tendait la perche : elle n'avait qu'à avouer la vérité. Pourtant, elle ne put s'y résoudre.

– Bien sûr que non! assura-t-elle en descendant de voiture.

Elle ne voyait pas comment elle oserait admettre qu'elle avait changé d'avis. Il ne lui restait plus qu'à le suivre dans l'abattoir, et son estomac était noué, ses jambes molles... Puisqu'elle ne pouvait même pas assister à une opération, comment pourrait-elle supporter le spectacle qui l'attendait ici? Au moment où ils atteignaient la porte, ses jambes se dérobèrent sous elle. Entendant les cris des animaux à l'intérieur, elle se mit à pleurer, tournant désespérément la tête de droite et de gauche. Elle ne pouvait pas entrer là. Impossible. Elle dégagea sa main d'un geste brusque et s'enfuit vers la voiture.

Elle savait qu'elle ne pourrait éviter une confrontation avec Eliott au sujet de sa carrière, mais elle l'aurait souhaitée dans d'autres circonstances. Comme d'habitude, il avait manœuvré pour la mettre dans son tort et l'embarrasser. Alors, pourquoi, puisqu'elle souhaitait tellement le haïr, puisqu'elle y réussissait presque, l'aimait-elle ainsi? Elle se glissa dans la voiture, appuya la tête contre le dossier, tremblante d'émotion et de dégoût. Eliott avait raison. Elle ne deviendrait jamais vétérinaire. Mais pourquoi le lui avait-il jeté à la tête de cette manière brutale?

Brusquement, elle sut qu'il ne lui restait pas d'autre possibilité que de retourner en Californie.

– Pourquoi vous êtes-vous enfuie? demanda Eliott en la rejoignant.

Les yeux fixés droit devant elle, la gorge nouée, elle réussit à articuler entre ses lèvres sèches :

– Je ne serai jamais vétérinaire.

Voilà. C'était dit. Elle avait admis qu'elle s'était trompée et qu'il avait eu raison, comme toujours.

– Quoi? Qu'avez-vous dit?

– Que je ne serai jamais vétérinaire.

– Sandra! Vous me surprenez. Qu'est-il arrivé à tous ces beaux rêves?

– Je ne supporte pas d'assister aux opérations.

Il la dévisagea quelques minutes avec curiosité.

– Ah, je comprends, dit-il enfin. Maintenant, je comprends votre intérêt subit pour Brent. Comme vous ne voulez plus devenir vétérinaire, vous avez choisi ce qui s'en approchait le plus. Exactement comme votre père... Vous poursuivez un rêve fou après un autre, n'est-ce pas? Et, comme votre père, lorsque vous vous heurtez à des difficultés, vous cherchez vite une échappatoire. Dans le cas présent, vous avez décidé que le plus simple pour compenser votre rêve était d'épouser un vétérinaire. Et que ferez-vous si c'est un échec? La voix du sang est la plus forte. Pas plus que votre père, vous ne pouvez regarder les choses en face. Exactement comme lui, vous êtes une lâcheuse. Vous abandonnez sans lutter.

Perdant tout sang-froid, Sandra se tourna vers lui et le frappa au visage.

– Ne me parlez plus jamais de mon père! Jamais, vous m'entendez? D'ailleurs, je ne comptais pas épouser Brent et, de toute façon, ça ne vous regarde pas!

Elle voulut le frapper de nouveau, mais il captura sa main.

– Lâchez-moi! Mais lâchez-moi donc! hurla-t-elle.

Sans l'écouter il saisit son autre main et l'attira brutalement à lui.

– Petit diable! murmura-t-il en l'écrasant contre sa poitrine et en s'emparant sauvagement de ses lèvres.

Lorsqu'il releva la tête, Sandra reprit son souffle et se prépara de nouveau à le frapper, mais les larmes lui montèrent aux yeux, menaçant de ruisseler sur ses joues rouges comme des pivoines.

– Ça ne fait rien, Sandra. Ce n'est pas grave. Vous n'êtes pas obligée d'aller à l'école vétérinaire ni d'épouser Brent. Je vous ai déjà dit que j'ai d'autres projets pour vous. J'ai ouvert à votre nom un compte d'épargne qui est bien garni.

– Je refuse l'argent de votre « bonne conscience »! Je ne veux rien de vous! L'argent ne peut pas tout arranger. Le jour où j'atteindrai mes vingt et un ans, je partirai et je ne vous reverrai jamais!

– Oh, Sandra! Il y a tant de choses que j'aimerais vous dire... Ce n'est ni le moment ni l'endroit. Je veux que vous profitiez de ces économies. J'ai d'abord mis de côté l'équivalent de l'investissement d'origine de votre père, et lorsque les écoles ont commencé à rapporter, j'y ai ajouté les gains correspondants. Je pensais que vous suivriez les cours commerciaux, complétés par un cours de gestion, et que vous m'aideriez à administrer les écoles. J'ai besoin d'aide et je m'étais imaginé que cette idée vous tenterait. Mais vous n'avez même pas voulu m'écouter. Vous vous êtes rebellée devant chacune de mes initiatives.

Il devait avoir terriblement mauvaise conscience pour s'être obligé à mettre tout au long des années de l'argent de côté pour la fille d'Allen... Mais Sandra ne voulait plus savoir pourquoi. Elle ne voulait pas de cet argent. Tout ce qu'elle aurait souhaité, c'était son amour. Et il l'avait cruellement blessée. Il avait joué avec ses sentiments, avait piétiné ses rêves et l'avait humiliée. Elle comprenait pourquoi son père l'avait détesté jusqu'à sa mort.

– Laissez-moi tranquille! répliqua-t-elle d'une voix sifflante.

– Sandra! Regardez-moi! Votre mère connaissait mon projet et l'approuvait. Elle refusait cet argent pour elle, par respect des volontés de votre père. Il avait trop d'orgueil pour toucher un centime des bénéfices, mais elle voulait que vous en profitiez.

– J'ignore tout de vos relations avec ma mère, mais je sais que mon père n'aurait jamais rien accepté de vous, et je suis comme lui! Je préfère mourir de faim!

Elle vit sa mâchoire se crisper et elle détourna la tête. Après ce qui lui parut une éternité, Eliott fit démarrer le moteur et ils rentrèrent à Willowstone dans le plus profond silence. Elle courut s'enfermer dans sa chambre et n'en sortit qu'en début d'après-midi pour aller prendre des nouvelles de Letti.

Ensuite, elle se fit un sandwich. Peu lui importait qu'Eliott ait déjeuné ou non.

Plus tard, lorsque Brent appela, elle lui dit qu'elle n'était pas libre de lui parler. Elle ne se souciait même pas de le revoir. Elle s'enferma de nouveau dans sa chambre avec un livre et tenta d'oublier Eliott et ce qu'il lui avait dit.

Le soir, elle prépara le dîner pour Letti et elle-même, mangea dans la chambre de la malade, puis retourna chez elle et lut jusqu'à en avoir mal aux yeux.

Enfin, elle sombra dans un profond sommeil. Comme seul Eliott pouvait lui apporter la paix, elle rêva de la douceur de sa bouche sur la sienne et de ses bras puissants autour de son corps. Oubliant cette pénible journée, elle dormit paisiblement jusqu'au matin.

10

Le lendemain, dimanche, Sandra s'éveilla tard. Elle n'avait aucune obligation, aujourd'hui. Elle pouvait paresser, rester toute la journée dans sa belle chambre, bien à l'abri, si elle voulait. Brusquement, elle se souvint que Letti était malade et attendait peut-être le petit déjeuner au fond de son lit. Sandra bondit sur ses pieds, s'habilla rapidement et jeta un regard par la fenêtre pour voir le temps. La neige avait cessé de tomber, mais il paraissait faire horriblement froid. Asphalte dans les bras, elle alla frapper doucement à la porte de Letti. N'obtenant aucune réponse, elle insista en appelant :

– Letti! Letti! Vous êtes là?

Le silence se prolongeant, elle entrouvrit la porte : le lit était vide, impeccablement fait. Elle se hâta de descendre. Heureusement, Eliott n'était pas dans la salle à manger lorsqu'elle la traversa, et elle trouva Letti à la cuisine en train de lire le journal.

– Oh, Letti, vous auriez dû me réveiller pour que je prépare le petit déjeuner!

– Non, mon petit. Je me sens infiniment mieux ce matin. En fait, après une journée au lit, j'ai besoin de m'activer à nouveau! Ce n'est pas dans ma nature de traîner ainsi. Quelle perte de temps!

– Oui, c'est vrai! acquiesça Sandra avec un sourire affectueux.

– Alors, que prendrez-vous? Ne me dites pas, comme Eliott, que vous n'avez pas faim. Je ne sais pas ce qu'il a, ce matin. Depuis que je le connais, c'est-à-dire depuis sa petite enfance, je ne l'ai vu sauter le petit déjeuner que cinq ou six fois au plus, et encore quand il avait de très sérieux soucis.

– Vraiment? demanda Sandra, surprise d'apprendre qu'Eliott pouvait se sentir abattu. (Elle l'avait souvent vu en colère, ça oui, mais jamais soucieux.) En fait, poursuivit-elle, je n'ai pas faim, moi non plus. Un peu de café et un petit quelque chose de sucré...

– Oh, mon chou, nous n'avons plus rien de bon dans cette maison! soupira Letti. C'était hier mon jour de pâtisserie et voilà que j'ai perdu mon temps en me prélassant au lit. Je vais me rattraper aujourd'hui.

– J'aimerais vous aider, offrit Sandra, heureuse d'une diversion pour ses idées noires.

– Volontiers. Je pourrais vous montrer comment on fait le pain à la banane et aux noix? C'est une vieille recette de famille et c'est délicieux!

– Tout ce que vous préparez est délicieux, Letti!

– Vous êtes en train de devenir aussi une excellente cuisinière. Quand ferez-vous une démonstration à Eliott?

Sandra rougit car elle n'avait pas l'intention d'en faire une. D'ici un mois, elle aurait vingt et un ans et elle repartirait pour la Californie. Elle trouverait bien une amie qui la logerait pendant les quelques semaines qu'il lui faudrait pour chercher du travail.

Ses obligations envers sa mère remplies, elle pourrait oublier Eliott Montaigne, bien qu'au plus profond de son cœur, elle sût qu'il était le seul qu'elle aimerait jamais. Oui, lui, un individu aussi odieux. C'était ainsi. Elle n'y pouvait rien.

Elle fut tirée de sa rêverie par un claquement de doigts et le rire de Letti.

— Dites donc, ma petite, êtes-vous sûre d'être bien réveillée? Vous feriez peut-être mieux de retourner un peu au lit!

— C'est l'impression que je donne? Non, je rêvasse, c'est tout!

— Allons, je vais vous servir une bonne tasse de café et des toasts à la cannelle.

— Ne bougez pas, Letti! Je peux le faire moi-même, insista Sandra en prenant une tasse.

— Vous savez qu'Eliott a fait remorquer la voiture ici, hier soir?

— Non, je l'ignorais. J'ai passé presque toute la journée à lire dans ma chambre. Est-elle... y a-t-il beaucoup de dégâts?

— Pas une égratignure. Elle doit avoir glissé gentiment hors de la route. Les pneus se sont arrêtés dans une ornière, et pour tout dommage, elle est couverte de boue!

Sandra soupira de soulagement. Au moins, Eliott n'aurait pas de frais de réparation à ajouter à tout ce qu'elle lui devait déjà pour le jeu d'échecs et la robe de Casaundra.

L'absence d'Eliott se prolongea toute la journée et les deux femmes purent se consacrer à la pâtisserie. Letti bavardait gaiement et Sandra ne l'écoutait que d'une oreille, se demandant si Eliott était encore fâché et quelle serait son attitude envers elle...

Elle s'était inquiétée pour rien, car il rentra avec Casaundra et ne prêta aucune attention à elle. Ils dînèrent tous ensemble, puis Eliott et Casaundra se retirèrent au salon pour bavarder et... probablement davantage. Sandra était torturée par la jalousie. Elle aurait tant voulu être serrée, elle, dans les bras d'Eliott. Elle avait honte : elle aurait dû le mépriser après tout ce qu'il avait dit d'elle et de son père. Elle aurait bien préféré le détester cordialement plutôt que d'aspirer à son amour.

Les jours suivants s'écoulèrent calmement, dans la routine habituelle. Eliott lui parla courtoisement et l'observa d'un regard sombre, mais il ne dit plus un mot du passé ou de l'avenir. En fait, il ne témoignait plus aucun intérêt pour la vie de Sandra. Mardi approchait et elle hésitait à retourner à la clinique. Elle redoutait de se retrouver en face de Brent mais, d'autre part, elle avait besoin de ce salaire pour payer son retour en Californie. De toute façon, elle n'accepterait plus de sortir avec lui car elle ne supporterait plus qu'il la touche.

Le mardi matin, elle mit un pantalon marron et un pull mandarine, et descendit déjeuner. Eliott était à table, et elle craignait un affrontement lorsqu'elle lui demanderait si elle pouvait prendre la Porsche. Valait-il mieux lui demander une des autres voitures? Elle attendit que Letti soit là pour se lancer.

— Peut-être préféreriez-vous que je prenne la voiture bleue pour aller travailler, à la place de la Porsche? annonça-t-elle brusquement avec une assurance feinte.

— Vous voulez dire que vous me laissez choisir quelle voiture je préfère que vous abîmiez maintenant?

Sandra se sentit envahie par la colère.

— Je ne voudrais pas faire de favoritisme avec la Porsche!

Le visage d'Eliott s'éclaira d'un franc sourire et Sandra se dit une fois de plus qu'il était vraiment l'homme le plus attirant du monde. Mais elle savait qu'il s'amusait à ses dépens.

— Prenez celle que vous voulez! Moi, j'ai l'habitude de la Ford et je ne voudrais pas la voir dans un fossé. C'est une voiture si sûre... La Porsche vous convient mieux.

— Merci, murmura-t-elle, étonnée que rien n'ait apparemment changé entre eux alors que depuis quelques jours ses sentiments contradictoires la tourmentaient cruellement.

En arrivant à la clinique, Sandra fut chaleureusement accueillie par Ruth qui ignorait tout des catastrophes survenues.

— Bonjour! Vous êtes bien rentrée vendredi soir? J'ai regretté de ne pas vous voir samedi, mais le docteur a dit que vous alliez bien, que vous preniez simplement la journée pour sortir avec Eliott.

— Oui, je suis bien rentrée, confirma Sandra songeuse.

Ainsi, c'était ce qu'Eliott avait donné comme excuse à Brent, et celui-ci n'avait même pas demandé à lui parler personnellement, alors qu'il était supposé être amoureux d'elle!

Lorsqu'elle vit que Brent n'était pas en salle de consultation, elle se souvint que c'était jour de chirurgie — celui qu'elle détestait le plus. Elle se promit de chercher un travail de secrétaire, en Californie. L'ironie des choses la fit rire tout haut et Brent leva les yeux vers elle.

— Bonjour, Sandra!

— Bonjour! répondit-elle, les joues en feu.

— Vous êtes prête? demanda-t-il comme si rien ne s'était passé.

Très soulagée de ne plus l'entendre parler d'amour, Sandra était néanmoins ébahie par sa désinvolture. Il lui parlait comme si elle était une employée ordinaire. Incrédule, elle se demanda ce qu'Eliott avait bien pu lui dire pour le faire changer ainsi. Vraiment, le puissant M. Montaigne savait faire plier les autres à ses volontés! Eh bien, si Brent pouvait se laisser si facilement décourager, bon débarras! C'était qu'il était faible — ce dont elle s'était déjà doutée. Quant à elle, elle ne se laisserait pas dominer comme ça. Elle partirait pour la Californie la tête haute. La Californie... Il y avait si longtemps, lui semblait-il, qu'elle y avait vécu. Des siècles.

— Sandra, vous êtes prête? répéta Brent, très professionnel.

— Oui, oui! murmura-t-elle en se tournant vers son travail.

La journée suivit normalement son cours, ainsi que les suivantes.

La neige fondit et les giboulées de mars apparurent. Les bourgeons s'ouvrirent, les arbres reprirent vie. Une sorte de trêve pénible s'était installée entre Eliott et Sandra. Elle ne lui parlait pas de son projet de retour en Californie et il n'abordait pas la question de son avenir. Il donnait l'impression de ne plus y penser.

Brent ne lui demandait plus de sortir avec lui et, bien qu'elle soit dévorée de curiosité, elle n'osait lui demander ce qu'Eliott lui avait dit, ni ce qui s'était passé entre eux, de peur de réveiller son intérêt pour elle. Elle appréciait la compagnie amicale de Ruth et devenait experte aux échecs. Mais elle doutait d'avoir jamais l'occasion de jouer avec Eliott.

Il paraissait passer beaucoup de temps avec Casaundra. Peut-être l'avait-il toujours fait, et Sandra ne s'en rendait-elle compte qu'aujourd'hui parce que Casaundra était tout le temps à Willowstone? Elle arrivait fréquemment à l'improviste et Eliott était toujours content de la voir.

La nouvelle école de New York allait ouvrir ses portes et Casaundra devait y passer deux mois pour la faire démarrer et trouver une personne qualifiée pour la gérer. Pendant cette période, il fallait quelqu'un pour s'occuper de celle de Danville, et Sandra comprenait maintenant ce qu'Eliott avait voulu dire lorsqu'il avait suggéré qu'elle pourrait l'aider. Même si Casaundra était remplacée, Eliott devrait s'occuper de l'école plus que de coutume. Bien sûr, cela ne la concernait pas, mais comme elle avait certaines notions pratiques et qu'Eliott avait tenté de l'intéresser à cette école, elle ne put s'empêcher d'intervenir une fois, au cours du dîner, tandis qu'ils en discutaient devant elle.

— Pourquoi ne pas trouver quelqu'un qui accepte

de travailler d'abord ici pendant deux mois, tout en apprenant vos méthodes, et qui prendrait ensuite la succession de Casaundra à New York? suggéra-t-elle timidement.

Surpris, Eliott la dévisagea en silence quelques instants. Casaundra se mordit les lèvres. Quant à Sandra, confuse, elle jeta un regard à Letti qui arborait un large sourire.

– Mais pourquoi pas! s'exclama enfin Eliott. Quelle solution toute simple! Je me demande pourquoi nous n'y avons pas pensé nous-mêmes, Casaundra!

– Tellement simple, en effet, qu'elle ne nous a même pas effleurés, répondit celle-ci d'un ton boudeur.

– Sandra, j'ai toujours pensé que, comme votre père, vous aviez le don de l'organisation, ajouta Eliott.

Elle se détendit, heureuse qu'il ait enfin admis que son père et elle avaient au moins une qualité.

– Bien, il faut que je me sauve, déclara Casaundra en se levant de table. Eliott, tu viens avec moi, s'il te plaît?

Le lendemain, veille de son départ pour New York, Casaundra passa à nouveau à Willowstone. Comme elle semblait toujours deviner les moments où Eliott était là, il était étrange de la voir arriver en son absence et, lorsque Sandra aperçut sa voiture par la fenêtre, elle pensa qu'elle était venue chercher quelque dossier oublié.

Elle entendit la sonnette et, laissant à Letti le soin d'y répondre, elle demeura dans sa chambre. La sonnette retentit une seconde fois. Elle se décida à aller ouvrir puisque Letti paraissait occupée ailleurs. Lissant sa simple robe marron, elle se hâta de descendre. A la vue de Letti qui sortait de la cuisine en s'essuyant les mains pleines de farine sur son tablier, elle s'arrêta.

– Pouvez-vous aller ouvrir, Sandra? Je suis en train de pétrir de la pâte...

Sandra lui sourit affectueusement. Letti lui manquerait vraiment après son départ.

– Certainement! Retournez à vos gâteaux et à vos délicieuses tartes aux pommes! (On agitait impatiemment la sonnette, maintenant.) C'est Casaundra. J'ai vu sa voiture de ma fenêtre.

Le sourire amical de Letti disparut et elle retourna à la cuisine en marmonnant:

– Alors, je préfère que vous y alliez.

A contrecœur, Sandra ouvrit la porte. Debout sur le seuil, Casaundra la contempla avec dédain tout en pianotant nerveusement sur son sac à main.

– Alors, Sandra, vous allez me laisser plantée là toute la journée?

– Oh, excusez-moi! balbutia Sandra en ouvrant complètement la porte. (Casaundra entra comme si elle était la maîtresse des lieux.) Eliott n'est pas là, vous savez...

– Ah, non?

– Non.

– Quand rentre-t-il?

– Je n'en sais rien. Il ne me tient pas au courant de ses allées et venues.

– Ça ne m'étonne pas!

Sandra savait que sa rivale voulait la remettre à sa place, aussi répliqua-t-elle immédiatement:

– Alors, que désirez-vous?

– Eliott. Mais, puisqu'il est absent, je vais l'attendre. Ce ne sera peut-être pas trop long.

Sandra n'avait pas le choix: elle devait lui tenir compagnie, par politesse.

– Parfait, répondit-elle en refusant de céder à sa première impulsion qui avait été de laisser froidement tomber Casaundra, là, en plein milieu du hall.

– Je vous remercie, répliqua celle-ci avec une courtoisie excessive.

Et ses talons hauts claquant sur le sol, moulée dans sa jupe rose, elle passa devant Sandra comme si celle-ci avait été une domestique. Elle entra dans le salon, lança son sac à main sur le canapé et s'installa tout à fait comme chez elle.

– Désirez-vous du café? offrit Sandra en s'asseyant dans le fauteuil beige.

– Où est Letti?

– A la cuisine. Elle fait de la pâtisserie. Je peux aller chercher le café moi-même, ajouta-t-elle en faisant un immense effort pour rester polie.

Une expression étrange traversa les yeux violets de Casaundra qui répondit d'un ton autoritaire :

– Je ne veux pas de café. Je veux vous parler.

– De quoi?

– Quels sont vos projets? Eliott me dit que vous ne voulez plus devenir vétérinaire, et Brent que vous ne vous intéressez plus à lui. Alors, que comptez-vous faire?

– Franchement, je ne vois pas en quoi mon avenir vous intéresse? Cela n'est pas votre affaire.

– C'est là que vous vous trompez. Ça me concerne, et je vous le dis clairement : Eliott est à moi, éloignez-vous de lui!

– Que voulez-vous dire? demanda Sandra stupéfaite.

– Ne faites pas l'innocente. Les projets de votre mère pour accaparer Eliott n'ont pas réussi mais, même après sa mort, elle ne renonce pas, n'est-ce pas? (Elle eut un petit rire amer.) Dix ans plus tard, elle vous envoie dans le même but : me prendre l'homme de ma vie. Eh bien, ça ne marchera pas!

– Vous mentez! dit Sandra, devenue blême. Ma mère ne s'est jamais intéressée à Eliott. Elle ne peut pas l'avoir fait...

Casaundra se leva et la toisa avec mépris.

– Petite sotte! Pourquoi croyez-vous que votre père s'est enfui en Californie avec vous deux? Parce qu'il avait surpris votre mère avec Eliott! Voilà pourquoi!

Refusant de croire à ces horribles accusations, Sandra secoua la tête en signe de dénégation.

– Vous dites n'importe quoi. Ma mère aimait mon père.

– Ah, vraiment? s'écria Casaundra avec un sourire pervers. Alors, pourquoi s'intéressait-elle tellement à Eliott? Ça ne l'a jamais gênée qu'il ait sept ans de moins qu'elle, et qu'elle-même soit une femme mariée. Elle trouvait toujours un prétexte ou un autre pour le voir. Et je suis bien placée pour le savoir. J'ai entendu Eliott lui parler au téléphone pour la dernière fois. Il lui donnait rendez-vous, mais je les ai déjoués leurs manœuvres. J'ai tout dit à Allen.

Les pensées se bousculaient dans la tête de Sandra, son cœur battait à tout rompre et son estomac se contractait. Elle croisa le regard haineux de Casaundra.

– Je n'en crois pas un mot.

– Ça m'est égal, puisque c'est vrai. Demandez à n'importe qui en ville. Tout le monde était au courant. Et maintenant, c'est vous qui êtes là, exactement comme Lena le voulait, marchant dans ses traces. Avouez que vous voulez Eliott! Je vous mets au défi de le nier!

Muette, Sandra secoua la tête, clignant des paupières pour refouler son envie de pleurer. Sa mère et Eliott! Voilà donc quel était le vilain petit secret auquel tout le monde faisait allusion... Casaundra avait raison. Elle avait marché dans les traces de sa mère. A son tour, elle était amoureuse d'Eliott. D'un air triomphant, Casaundra lui lança :

– Vous voyez? Vous ne pouvez pas dire non! Vous l'aimez. Mais moi, je ne vais pas rester ainsi à regarder Eliott tomber dans les griffes d'une autre Hawthorne. Il est à moi, et je vais le garder.

Aveuglée par les larmes, Sandra se leva et répliqua avec amertume :

– Ne vous inquiétez pas, Casaundra. Je ne veux pas d'Eliott Montaigne.

Puis elle tourna les talons et s'enfuit de la pièce. Elle avait menti... Elle voulait Eliott plus que tout au monde. Il lui fallait quitter Willowstone le plus rapidement possible. Elle ne pouvait pas rester sous son toit une nuit de plus. Eliott et sa mère...

Elle trébucha dans les escaliers, courut à sa chambre et sortit sa vieille valise du placard. La jetant sur son lit, elle se mit à y empiler ses vêtements. Il lui faudrait abandonner ses livres et diverses affaires, ainsi qu'Asphalte. Tant pis! Lorsque la valise fut pleine, elle griffonna un mot pour

Letti, l'informant qu'Eliott pouvait reprendre sa voiture à l'aéroport car elle rentrait en Californie. Elle ajouta qu'elle lui donnerait des nouvelles plus tard. En fait, elle ignorait si elle oserait le faire, car elle ne pourrait courir le risque d'être retrouvée par Eliott. Elle ne devait jamais le revoir et ne voulait plus jamais entendre parler de lui.

Elle jeta son manteau sur ses épaules, prit son sac et la valise. Elle n'avait pas la moindre idée des horaires mais elle prendrait le premier vol quittant Danville et trouverait bien une correspondance quelque part pour la Californie. Elle ne pouvait pas retarder son départ d'un instant, elle devait quitter Willowstone – et Eliott – aujourd'hui même.

S'assurant que Letti était encore à la cuisine, elle sortit doucement et gagna le garage. Jetant sa valise dans le coffre de la voiture, elle se glissa au volant. Sans même remarquer que Casaundra était partie, elle démarra et quitta la propriété, les joues ruisselantes de larmes. Comment sa mère avait-elle pu agir ainsi envers elle ? Comment avait-elle pu tromper son mari, le père de Sandra ? Ah ! elle n'avait aucune réponse à ces questions.

Elle atteignit l'aéroport et gara la voiture dans le parking. Elle reprit sa valise, ferma le coffre et courut vers l'aérogare. Elle était presque devant l'entrée lorsqu'elle s'arrêta : elle croyait avoir entendu ces pas lourds et menaçants qu'elle avait si bien appris à connaître – les pas d'Eliott. C'était idiot. Comment aurait-il su qu'elle était en train de s'enfuir ? Elle se retourna néanmoins pour voir qui la suivait et... se trouva face à lui. En une enjambée il la rattrapa et, lui saisissant le bras, il la fit pivoter sur elle-même en lui criant :

– Au nom du ciel, que faites-vous ?

Ne pouvant soutenir son regard dur, elle baissa les yeux et murmura :

– Je... je retourne en Californie.

– Pourquoi ? Letti a trouvé votre mot et m'a appelé, mais ça n'explique pas pourquoi vous vous sauvez ainsi !

Sanglotante, elle tenta de forcer ses lèvres à

articuler une réponse. Mais que pouvait-elle dire? Elle se détourna en secouant la tête et voulut s'échapper, mais il la retint avec une violence qui lui fit lâcher sa valise.

– Que diable, Sandra! Je vous ai posé une question et j'exige une réponse. Pourquoi vous sauvez-vous?

Les yeux bleus embués de larmes de Sandra se levèrent vers les yeux froids d'Eliott, et elle balbutia :

– Casaundra m'a raconté... elle... elle m'a dit... au sujet de vous et de ma mère...

– Elle vous a raconté quoi?

Humiliée, honteuse d'être amoureuse de l'amant de sa mère, Sandra baissa les yeux. Elle en voulait à sa mère, elle se sentait trahie par elle et débordait de compassion pour son père.

– Pourquoi? demanda-t-elle, les lèvres tremblantes. Pourquoi ne m'avez-vous rien dit au sujet de ma mère? C'est pour ça que mon père vous détestait, n'est-ce pas? C'est pour ça que vous avez voulu que je vienne? Eh bien, vous aviez peut-être une dette envers lui, mais pas envers moi. Maintenant, laissez-moi partir. Je ne veux plus jamais vous revoir.

– De quoi parlez-vous? Que vous a raconté Casaundra? demanda Eliott en lui relevant le menton pour la forcer à le regarder.

Elle ravala ses larmes. Visiblement, Eliott voulait que son humiliation soit complète. Il voulait la forcer à exprimer de vive voix l'affreuse vérité.

– Que ma mère et vous aviez une liaison. Est-ce suffisant?

Lui tenant toujours le menton, Eliott ne la quitta pas des yeux et répondit :

– Sandra, ce n'est pas ça du tout. Votre mère aimait votre père. Les affaires allaient mal et Allen était prêt à s'effondrer. Votre mère et moi étions bons amis, rien de plus. Ce jour-là, elle m'a appelé en larmes, me disant qu'elle devait me parler d'Allen car il était tellement déprimé qu'il se mettait à boire et qu'elle craignait le pire. J'ai accepté de la rencontrer dans un café. (Il respira à fond comme si le souvenir de ce jour le hantait encore.) Votre père est subitement arrivé, ivre et fou furieux, et il nous a accusés de toutes sortes de choses invraisemblables. Ensuite, il m'a demandé sa part de capital et il est parti avec vous pour la Californie.

Le regard toujours rivé à celui d'Eliott, Sandra sut qu'il disait la vérité.

– Casaundra... C'est Casaundra qui a informé mon père de votre rendez-vous avec ma mère. Elle vient de me le dire...

– Elle vient de vous le dire? répéta-t-il, extrêmement surpris.

– Oui.

– Elle? Mais pourquoi? Je ne m'étais jamais douté que c'était elle...

– Vous auriez dû! Vous n'êtes pourtant pas aveugle? Vous devez savoir qu'elle était amoureuse de vous et qu'elle l'est encore.

– Nous n'avons jamais rien été de plus que de bons amis et des associés. Elle a toujours su que rien d'autre n'était possible. Je ne l'ai jamais aimée. Nous en avons parlé après la rupture de ses fiançailles avec Brent. J'ai beaucoup de respect pour ses capacités professionnelles, sa présence est un grand atout pour l'école, mais je ne lui ai jamais rien laissé espérer de plus qu'une bonne situation...

– Mais elle... mais Brent pensait... j'ai pensé... Oh! vous avez été si cruel envers moi... murmura-t-elle d'une voix brisée.

– Je ne me suis pas montré cruel, Sandra. Vous vous êtes rebellée à toutes mes suggestions. Lorsque votre mère m'a appelé pour me dire qu'elle allait mourir et qu'elle s'inquiétait de ce que vous alliez devenir, j'ai voulu réparer le mal qu'involontairement j'avais causé à votre famille. Je dois dire que je m'attendais à une toute jeune fille. Votre mère disait que vous ressembliez à Allen par votre idéalisme – et je pensais même encore à vous comme à la petite fille qui était partie pour la Californie. Je n'étais guère préparé à rencontrer une jeune femme volontaire apparemment décidée à venger une injustice imaginaire commise envers son père. Je me suis dit que vous n'étiez qu'une jeune fille aux idées embrouillées, mais je me suis immédiatement senti terriblement attiré par vous. Oh, Sandra, gémit-il brusquement, vous ne savez pas combien je vous désire... (Elle le regarda à nouveau, le cœur battant follement. Etait-il possible qu'il soit réellement attiré par elle?) Je ne voulais pas m'attacher à vous, poursuivit-il d'une voix rauque, et lorsque vous m'avez accusé de vous avoir fait venir pour des raisons peu honorables, je me suis senti terriblement coupable. J'ai à peine pu me retenir de vous prendre dans mes bras, ce premier soir, lorsque je vous ai vue si peu vêtue. Je savais que je ne devais pas vous désirer mais je ne savais pas comment m'en empêcher. Il était tellement évident que vous me détestiez! Je savais bien que vous aviez besoin de temps pour changer d'avis, mais chaque fois que je vous touchais, je prenais feu... J'ai essayé de résister mais, le ciel me protège, je vous voulais pour moi tout seul. A force de vous voir constamment là, je n'ai pu que m'éprendre de vous. Aussi, lorsque j'ai vu Brent danser ainsi, rivé à vous, j'ai eu envie de l'étrangler. Et vous aussi...

— Alors, c'est à cause de vous qu'il a cessé de s'intéresser à moi?

— Oui, Sandra. Je n'ai aucune excuse pour mon comportement, si ce n'est mon amour pour vous. Je sais que c'est inattendu, et je ne vous presse pas de me donner votre réponse maintenant, mais... je souhaite vous épouser. (Comme Sandra ouvrait la bouche pour parler, Eliott lui mit un doigt sur les lèvres.) Chut! Ne me refusez pas encore. Je connais vos sentiments sur votre future carrière et sur moi, mais je vous aime et je veux que vous y réfléchissiez, Sandra!

Envahie par la joie, les joues ruisselantes de larmes de bonheur, elle hocha la tête, émerveillée.

— Oh! Eliott... Je n'ai pas besoin de réfléchir. Je vous aime... et je n'aurais jamais osé espérer que vous m'aimeriez aussi...

La surprise transforma le visage d'Eliott.

– Comment n'avez-vous pas deviné mon amour pour vous? Chaque fois que nous étions en contact, j'avais tellement envie de vous serrer dans mes bras que j'en avais mal. Mon Dieu, vous auriez dû savoir que seul un amoureux fou pouvait avaler le petit déjeuner que vous m'avez servi! Si vous acceptez ma demande, il faudra que Letti vous donne des leçons, vous savez!

– C'est déjà fait! Je sais très bien faire la cuisine! s'exclama Sandra avec un petit rire.

Etonné, il fronça les sourcils.

– Alors, dites-moi, jeune fille, comment expliquez-vous l'horrible repas que vous m'avez servi? Je devine! Vous avez délibérément brûlé mon petit déjeuner, c'est ça?

Les joues en feu, elle inclina la tête.

– Oui, mais c'était de votre faute. Vous étiez tellement persuadé que je ne savais rien faire de bien que je n'ai pas voulu vous décevoir!

Eliott sourit puis éclata de rire.

– Sandra, vous êtes un vrai petit monstre... mon petit monstre. Je ne vous voudrais pas différente. Vous êtes une vraie femme, comme tous les hommes en souhaitent. Venez, rentrons à la maison.

Sandra réfléchit un instant à ses paroles. Elle sut brusquement qu'elle rentrait vraiment à la maison. A la maison, à Willowstone, où l'attendait son destin. Ses prunelles azur se levèrent vers les yeux sombres et passionnés d'Eliott, et elle oublia tout. Inclinant la tête vers elle, il s'empara de ses lèvres avec une ardeur avide et tendre à la fois, en une étreinte à laquelle, envahie par un bonheur intense, elle se laissa aller de tout son être, confiante en l'avenir de leur amour réciproque.

93 **ANNE HAMPSON**
La bague ensorcelée

Kathryn part en vacances en Grèce.
Elle porte à son doigt une petite bague
de rien du tout qu'elle a déterrée dans son jardin.
Mais le fascinant inconnu au visage bronzé
qu'elle rencontre ne peut en détacher ses yeux...

95 **FERN MICHAELS**
Arc-en-ciel d'orage

Abandonnée au pied de l'autel, Jill espère
trouver refuge dans une communauté d'artistes.
Hélas! le directeur, aussi séduisant qu'arrogant,
est implacable. Qu'à cela ne tienne:
elle se fera passer pour écrivain...

96 **SANDRA STANFORD**
Rencontre à Santa Fe

Rentrée de New York pour assister au mariage
de sa cousine, Alys blêmit: Rand est là!
Que faire? Impossible de fuir, à moins
de trahir devant tout le monde un secret
si bien gardé depuis trois ans...

MAGGI CHARLES
Les mélodies du cœur

Paul Talbot ne l'a pas reconnue...
Pianiste célèbre, il vient d'être victime
d'un accident qui lui a laissé la main gauche
paralysée. Il a pris Christa pour
une journaliste et il l'a insultée.
Eh bien, désormais, elle réservera à d'autres
sa sympathie!

JACQUELINE HOPE
L'amour vengeur

Envoyée par son frère pour affronter
Carlos Alvarado Castellon, apparenté
à toutes les familles royales de la terre,
Anne pénètre dans un bar louche de Tanger.
Le cœur battant, elle voit venir à elle
un homme d'une beauté à couper le souffle.

87 NORA ROBERTS **La femme à facettes**
88 DIXIE BROWNING **Pain, amour et frénésie**
89 MARY CARROLL **Ballade écossaise**
90 RUTH LANGAN **Un mari pour un autre**
91 LAURA EDEN **La robe bleue de Margaret**
92 SONDRA STANFORD **Le chant du passé**

93 ANNE HAMPSON **La bague ensorcelée**
94 BRENDA TRENT **Un rêve en hiver**
95 FERN MICHAELS **Arc-en-ciel d'orage**
96 SONDRA STANFORD **Rencontre à Santa Fe**
97 MAGGI CHARLES **Les mélodies du cœur**
98 JACQUELINE HOPE **L'amour vengeur**

99 DONNA VITEK **Le portique de lune**
100 PATTI BECKMAN **Amour, délices et rage**
101 SARA LOGAN **Les fleurs du désir**
102 DOROTHY CORK **L'amour à crédit**
103 FRAN WILSON **Les vignes du bonheur**
104 LINDA WISDOM **Des lendemains qui chantent**

105 DONNA VITEK **Un secret bien gardé**
106 ANNE HAMPSON **L'aurore aux doigts de fée**
107 ELIZABETH REYNOLDS **Un océan d'amour**
108 PATTI BECKMAN **Un jour, peut-être...**
109 JULIET ASHBY **Des violons qui chantent**
110 LAURA HARDY **Le partage de Salomon**

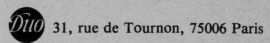 31, rue de Tournon, 75006 Paris

diffusion
France et étranger : Flammarion, Paris
Suisse : Office du Livre, Fribourg
diffusion exclusive
Canada : Éditions Flammarion Ltée, Montréal

Achevé d'imprimer sur les presses de l'imprimerie Brodard et Taupin
7, Bd Romain-Rolland, Montrouge. Usine de La Flèche,
le 25 janvier 1983. ISBN : 2 - 277 - 80094 - 5
1899-5 Dépôt Légal janvier 1983. Imprimé en France